"全悦读"丛书

注音释义　名师点拨　精批详注

中国古代寓言故事新编

李乡状　主编　"全悦读"丛书编委会　编

生动诙谐，浅显易懂

以故事育人，用寓言明理

— 林非倾情作序推荐 —

陕西师范大学出版总社

图书代号 WX17N0761

图书在版编目(CIP)数据

中国古代寓言故事新编 /“全悦读”丛书编委会编. —西安：陕西师范大学出版总社有限公司, 2018.1(2023.12 重印)
(“全悦读”丛书 / 李乡状主编)
ISBN 978-7-5613-9321-5

Ⅰ. ①中… Ⅱ. ①全… Ⅲ. ①寓言—作品集—中国—古代 Ⅳ. ①I276.4

中国国家版本馆 CIP 数据核字(2023)第 225668 号

中国古代寓言故事新编

ZHONGGUO GUDAI YUYAN GUSHI XINBIAN

“全悦读”丛书编委会 编

责任编辑 / 李 岩
责任校对 / 王宁宁
排版制作 / 北京文贤阁图书有限公司
出版发行 / 陕西师范大学出版总社
(西安市长安南路 199 号 邮编 710062)
网 址 / http://www.snupg.com
印 刷 / 陕西思维印务有限公司
开 本 / 720 mm×1020 mm 1/16
印 张 / 11
字 数 / 200 千
版 次 / 2018 年 1 月第 1 版
印 次 / 2023 年 12 月第 3 次印刷
书 号 / ISBN 978-7-5613-9321-5
定 价 / 42.80 元

名人推荐

林 非

林非，著名学者、散文家，中国社会科学院研究生院教授、博士、研究生导师，历任中国散文学会会长、中国鲁迅研究会会长。

著有《鲁迅前期思想发展史略》《现代六十九家散文札记》《中国现代散文史稿》《文学研究入门》《鲁迅和中国文化》《离别》等；迄今共出版 30 余部著作；主编《中国散文大词典》《中国当代散文大系》等。

名师编写团队

郑晓龙	首都师大附中语文特级教师
蔡　可	北京大学文学博士，首都师范大学教育学院副教授
李春颖	首都师范大学语文教学教研室主任
徐　震	中央戏剧学院文学博士，首都师范大学文学院副教授
杨　霞	中国人民大学文学博士，首都师范大学新闻传播学系图书出版方向负责人
张四海	北京大学文学博士，首都师范大学文学院讲师
陈　虹	上海中学教学处主任，语文特级教师
李乡状	吉林摄影出版社副编审
李文铮	洛阳市第二外国语学校语文特级教师
赵景瑞	北京东城区教育研究中心副主任，特级教师

读到生命的最后一天（代序）

天下的书籍确实是谁也无法读完的，我准备充分利用自己的余生，再读一些能够启迪思想和陶冶情操的书。

这几年出版的书实在太多了，用迅速浏览的速度都看不过来，某些书籍受到了人们的冷落，某些书籍赢得了人们的喝彩，似乎都显得有些偶然。不过在这种偶然性的背后，最终都表现出了时代思潮的复杂趋向，而并不完全由这些书籍本身的质量和写作技巧所决定。

近几年来，我围绕启蒙主义和现代观念的问题写了一些论文，目的是想引起共鸣或争论，以后还愿意在思想和文化这方面继续做些研究，因此想围绕这样的研究和写作任务，读一些过去没有很好注意的书，以便增加新的知识，更好地开阔视野，从纵横这两个方面，认认真真地去思考一些问题。譬如像黄宗羲的《明夷待访录》，我曾读过多遍，向来都是惊讶和叹服于他的平等观念与民主思想。为什么300多年前的明清之际，在古老的专制王朝统治的躯壳中间，会萌生出如此符合于现代生活秩序的思想见解来呢？这是一个孤立和偶然的思想高峰，还是从当时资本主义萌芽和不断滋长的土壤中间，必然会产生出来的呢？

如果想一想徐渭、李贽、袁宏道、汤显祖和徐光启这些杰出的名字，又应该得到什么样的结论呢？而他们与莎士比亚、塞万提斯和伽利略，又几乎是在同一个时代出现的，这里究竟有多少属于历史与未来的必然性呢？我想再好好地研究一番，力图做出比较满意的回答来。

如果生活在今天的人们，都能够达到300多年前黄宗羲那样伟大思想家的境界，中国这一片辽阔的土地上，将会出现多少光辉灿烂的奇迹啊！可是为什么经过了300多年的漫长岁月，在今天生活里的绝大多数人，还远远没有达到他那样的思想境界呢？这难道不让人感到十分地丧气吗？

郁达夫说过："没有伟大的人物出现的民族，是世界上最可怜的生物之群；有了伟大的人物，而不知拥护、爱戴、崇仰的国家，是没有希望的奴隶之邦。"（《怀鲁迅》）这是说得很沉痛和感人的。

思考民族的前程、人类的未来，这很像听贝多芬的《第九交响曲》那样，常常会使自己激动不已，然而这就得广泛和深入地读书，否则是无法使自己的思考向前迈步，变得十分丰满和明朗起来的。我读了丘吉尔、戴高乐、阿登纳和赫鲁晓夫这些外国政治家写的回忆录，读了德热拉斯的《与斯大林的谈话》和《新阶级》，对于自己认识整个的当今世界，是起了很大作用的，我还想继续读一些这方面的书籍。

陶冶情操的音乐和美术论著，我已经读了不少，自然也得继续看下去。

我想读的书是无穷无尽的，只要还活着，我就会高高兴兴地读下去，自然在翻阅有些悲悼人类不幸命运的著作时，也会变得异常忧伤和痛苦，不过这是毫不可怕的，克服忧伤和痛苦的过程，不就是人生最大的欢乐吗？要想在社会中坚强地奋斗下去，就应该有这种心理上的充分准备。我会这样读下去的，读到生命的最后一天。

林非

2016年12月21日

（有删节）

作品速览

《中国古代寓言故事新编》中收录了一些我国古代经典的寓言故事，尽管它们短小精练，却蕴藏着许多哲理，告诫青少年朋友们如何正确地为人处世，给青少年带来了深刻的智慧启迪。另外，名师对于一些比较晦涩的寓言故事都给予了一些指津，以阐明寓意，指导青少年读者更好地理解寓言故事的内涵。例如，《拔苗助长》告诫我们做任何事都要符合事物发展规律，万万不能单凭自己的意愿，否则只会适得其反；《守株待兔》的故事劝告人们不要存有侥幸心理，如果不付出努力，而寄希望于意外，结果只能是一事无成；《自相矛盾》告诉我们办事说话要实事求是，不要言过其实。

盘古

上古神话传说人物，盘古是中国神话体系中最古老的神，它的产生很古老，最早见于上古岩画，记载见于战国时代的《六韬·大明》，叙事见于三国时代吴国徐整著的《三五历纪》，盘古化万物最早出现在南朝梁人任昉所作的《述异记》，最早形象见于《广博物志》和《乩仙天地判说》，为龙首蛇身、人面蛇身。

詹何

战国时道家、哲学家、楚国术士。是继续杨朱、子华子后又一位杨朱学派的代表人物，其学说并不是浅薄简单的“自私自利”。他进一步发展了老子的思想，旨在通过对个体的自我完善进而达到社会的整体和谐。

晏子

名婴，字仲，谥平。春秋时期著名政治家、思想家、外交家。齐灵公二十六年晏弱死后，继任为上大夫。晏婴聪颖机智，能言善辩，内辅国政，屡谏齐王。思维富有灵活性，又能坚持自己的原则。使国家不受屈辱，捍卫了齐国的国格与国威。

伯乐

本名孙阳，春秋战国人。由于他对马的研究非常出色，人们便忘记了他本来的名字，“伯乐”一名一直使用至今，并成为善于发现、推荐、培养与使用人才的人的代名词。

目录

CONTENTS

目录 CONTENTS

目录

CONTENTS

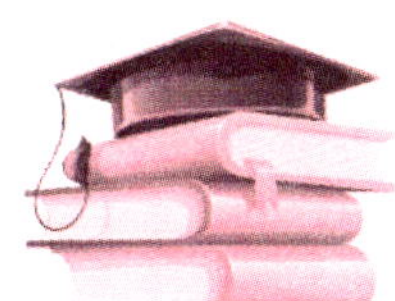

目录 CONTENTS

目录

CONTENTS

目录 CONTENTS

DI YI zhang

第一章　处世有道

名师导读

本书第一章收录的是一些精致、短小的寓言小故事，告诉我们处世之道，道理简单却不失深刻，处处包含处世技巧的精华。

商人卖珠宝

在西域的一个集市上，一个胡姓商人手持着珠宝正在叫卖。他手中珠宝的颜色为纯红色，好似红色的樱桃，长一寸，看上去漂亮极了，价格不菲。

龙门子问道："它可以充饥吗？"

"不能。"

"可以治疑难杂症吗？"

"不能。

"它能驱逐瘟疫吗？"

"不能。"

"它能教人孝顺父母、顺从兄长吗？"

"不能。"

龙门子又问："既然如此无用，而它的售价却如此昂贵，这究竟是为什么呢？"

胡姓商人回答道："因为它出产于艰险僻远的地方，寻得它需要历经无数艰难险阻。"龙门子笑着走开了，他回去告诉弟子说："古人曾说过这样一句话：'黄金虽贵重，活人吞下去就可能窒息而亡，金粉进入眼睛里眼睛就会失明。'宝物于我早已毫无关系了，我现在就有最珍贵的宝物，这个宝物的价值不可估量，水不能将它淹没，火不能把它点燃，风不能

名师释疑

窒息（zhì xī）：因外界氧气不足或呼吸系统发生障碍而呼吸困难甚至停止呼吸。

名师指津

龙门子这里所指的最珍贵的宝物可以是健康、信仰、亲情、时间、梦想等诸如此类非金钱所能买到之物，意在告诉我们，我们所要追求的远非金钱这种身外之物，健康、信仰、亲情、时间、梦想这些对我们而言就是最珍贵的财富。

使它飘扬起舞，太阳不能将它晒烤烧焦。有人竟然不分日夜地去追求虚妄的珠宝，并把它看成是唯一的追求。这难道不是舍近而求远的做法吗？”

不要一味地去追求那些没有实际用途、反而对人自身有害的身外之物，人自身的高尚品格和道德情操是比任何宝物都要宝贵的“无价之宝”啊！

不接受教训的蹶叔

蹶叔是一个很固执的人，从来都听不进别人的忠告。

他种田的方式很特别——在高地上种水稻，在洼地里种上高粱。朋友好心劝告他说：“高粱是喜干燥的作物，水稻是喜潮湿的作物，你现在正好把它们颠倒了，怎么可能获得丰收呢？”

蹶叔却把这话当成耳边风了。蹶叔这么一种就是十年，自己年年更是难以饱腹。他去看看那个朋友的田地，高粱种在了高地上，稻子种在洼地里了，一片丰收之景。蹶叔说：“现在我知道我犯的错误了。”

后来，他出去做买卖，却总是贩卖一些别人也都贩卖的东西，因而货物时常积压卖不出去。朋友对他进行劝告也丝毫不会生效。做了十年的买卖，弄得自己穷困潦倒，一身债务的时候，这才想起了朋友的劝告，然后对朋友说：“现在我真的后悔了。”

再后来，蹶叔又与那个朋友一同去航海，当船驶近大洋

名师释疑

穷困潦倒（qióng kùn liáo dǎo）：生活贫困，失意颓丧。

的时候，朋友对蹶叔说："我们不能再向前驶进了，若是再过去就是归塘，水势一定凶险，那个时候，我们就很难回来了。"

蹶叔依然不听劝告，还是把船开到归塘。船刚刚过了归塘，却冲不过逆流，回不来了。直到九年后发生了一次强烈的大海风，才把他们所坐的一只大船吹了回来，这时候，蹶叔已经头发胡子都花白了，人也显得很衰老了，人们都已经不认识他了。

失败是最好的老师，从失败的经验中吸取教训，因而获得最宝贵的经验，给以后的行为以警醒，这样，失败才有意义，否则便会在失败这条路上渐行渐远。

蹶叔向他的朋友再三地表示感谢，感谢他一再给自己提出忠告，并且对他说："这一次航行差点葬身大海，我真后悔没听你的劝告。"

他的朋友叹息着说："你总是事后才懊悔，那有什么用呢？若是你第一次就能接受失败的教训，那就不会再有第二次和第三次的后悔了。"

不种不获

名师指津

一分耕耘，一分收获，没有付出，便没有收获可言。要想得到回报，只有积极主动、通过自己的辛勤努力去创造，而坐享其成，好逸恶劳，肯定不会得到任何收获。

有一天，一个穷人忽然想道："我如此贫穷，看来我应该到天神的祠堂里去拜祭一下天神，求他保佑我获得无数财宝，过上幸福的日子，一辈子吃穿不愁。"

后来，他就叮嘱弟弟说："你一定要勤勉耕作，每天务必精打细算地过日子，不要浪费，也不要让家中必备的日常用品有所短缺。"他把弟弟带到田头，指着田头对弟弟说："你看，这儿可以种芝麻，那边可以种大麦、小麦，旁边可以种谷子，也可种大豆、小豆。"待一切都交代清楚后，他就独自来到天神的祠堂，开始为天神举行盛大的斋会。他十分虔诚地在天

神的香案前供奉上芬芳的鲜花，在地上精心地涂上香泥，然后在神像前日夜祷告跪拜，祈求天神赐福降恩，保佑他这辈子能够发财享福，不再受苦。

天神见这个人不努力干活，却跑来求自己赐福，妄图不劳而获，于是，就想教育教育他。这天神就变成他弟弟的模样，出现在了祠堂中。哥哥见弟弟也来了，就教训他说："你不在地里好好干活，跑到这儿来干什么？"

变成弟弟模样的天神非常无辜地回答说："我也想来祈求和供奉天神，让天神高兴，这样好跟他要吃要穿。至于地里的庄稼种不种都没关系，因为咱们有天神的保佑，庄稼自然会大丰收的。"

哥哥听后非常生气，他大声斥责弟弟说："你太傻了！难道不耕耘就能指望有所收获吗？我长这么大可从来没听说过有这样的好事。"

变成弟弟的天神反唇相讥道："原来你也知道这世上不耕耘就不会有收获呀？"

名师释疑

反唇相讥：受到指责不服气，反过来讥讽对方。

不射之射

战国时期，列御寇射箭给伯昏无人看，他拉满了弓，把一杯水放在肘弯上，箭头都射中靶心而重叠起来，一支箭刚射出，另一支箭又搭在了弓弦上。这时候，他身体笔直，端正得像个木偶人。

伯昏无人看后，对他说："你这还是为了射中靶子而射，而不是在任何情况下都能射好的那种射法。当我和你一起登上高山，踩上悬崖，临近百仞的深渊，你还能这样镇定自如地射出箭吗？”

名师释疑

百仞：古代的长度单位。

于是，伯昏无人就登上高山，踩上悬崖，临近百仞的深渊，背向深渊，脚有二分悬空在外，欲进不进的样子。他作揖行礼，请列御寇往前走，列御寇吓得伏在地上，汗水直流。

伯昏无人说："以思想道德达到最高境界的人，上可以窥见青天，下可以潜入黄泉，意气奔放到八方极远的地方，神色一点也不会改变。现在你的眼睛闪烁不定，一副恐惧的样子。看来，要你在什么情况下都能射中，大概都是很危险的，也不太可能的了！"

不论在正常情况下，还是在任何困难情况下，都能发挥自己的技术和才能，这才算得上掌握了全面的、高超的本领。

名师指津

任何人想要达到某种最高境界，都不是刻意追求才得到。有时候，需要将其融入自然之中，甚至忘掉，也只有具备扎实的基础，不管在任何情况下，才可以游刃有余啊！

断棘不成

在终南山上有一条崎岖的小路上荆棘丛生，这些荆棘的枝茎十分柔软，可上面却长满了密密麻麻的刺。人们只要一接触到它，就会粘在身上摆脱不掉，好不容易弄掉了粘在身上的荆棘，最后人也会因此而受伤。人们十分害怕那些刺，对此更是苦不堪言，于是走路便总是绕行。终于，有一个人实在无法容忍这些恼人的荆棘了，于是便挽起衣服走进荆棘丛中，打算把它们一根一根地拔掉。谁知道他刚费力扯断左边的荆棘，右边的却又挂在他衣襟上了，不一会儿，他的裤

名师指津

不同的问题用不同的方法解决，从本质入手，抓住重点，这样会得心应手。

腿和袖子上沾满了荆棘，整个除棘过程弄得他狼狈极了，最后也只能无疾而终。

君子说：这个人痛恨坏东西是对的，但是消灭它们却没有采取正确的方法。假如能够使用斧头去砍那些荆棘，那么，什么样的荆棘能除不去呢？

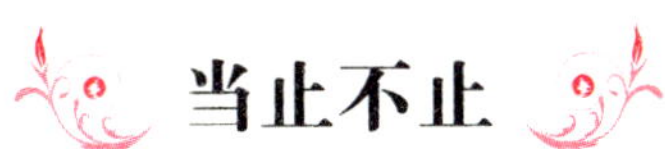

当止不止

一个砍柴的人在山中遇见了一只老虎，便迅速躲避进了一个石洞里，但老虎有所察觉，也随后进入了石洞。石洞弯弯曲曲向里面伸去，砍柴人不停地往里面躲逃，石洞的洞口越来越小，渐渐地容不下老虎的身躯，但老虎竭力要追咬砍柴人，只见它使劲往洞里钻。

砍柴人困窘危急，忽见旁边有一个小孔穴，只可容进身子，就像蛇一般迅即爬了进去。不料砍柴人发现天空的光亮，原来他竟钻到石洞外面来了。他便奋力搬来数块大石头，堵住了老虎的退路，并在石洞的两头都堆放上柴草，点起火来焚烧。虎被烟熏火燎，吼声震动了整个山谷，不消一顿饭的工夫，老虎就死去了。

这件事也足可为那些应当止步而不止的人作鉴戒呀。

名师指津

老虎一味地贪婪求食，自恃勇猛，而不考虑实际情况，结果葬身洞穴。这件事告诉我们，做事要依情况来看结果，该停止的时候就要学会停止，不要刻意强求，否则只能自食恶果。

楚厉王打鼓

楚厉王曾经通令全国百姓，假如国家发生紧急事件就以打鼓为号。百姓们听到鼓响，就要立刻行动起来。

有一天，厉王喝醉了酒，从鼓旁边经过，就胡乱地打起鼓来。

老百姓听到鼓声，都十分恐慌地聚集在宫门之外，听候国王的命令。

厉王派人去告诉百姓们说："刚才打鼓，并没有什么急事。只是国王喝醉了酒，走过鼓架边，为了玩一下，就打起了鼓。"

百姓们听后安静下来，便各自回家去了。

几个月后，楚国果真发生了一件紧急的事情，厉王急忙派人去打鼓，召集全国百姓。

鼓声咚咚地响了起来，可是，百姓们尽管听到了鼓声，依然认定是国王又喝醉了酒，都不再把它当成一回事，没有一个人赶去救急。

名师指津

君无信不立。为满足自己的兴致而玩弄法令，愚弄他人，既不尊重自己，也会失去别人对自己的信任。不管任何时候，做人都要诚实守信。

说大话的下场

秦国有一个叫尊庐沙的人，尊庐沙非常自信，但却喜欢说大话。当地人都因此嘲笑他，而他却说："你们不要嘲笑我，我将要用称王之道去劝说楚王，然后就可以享受荣华富贵了。"于是他就得意扬扬地去到南方的楚国。

尊庐沙来到楚国的边境，守关的士兵们见了就拘捕了他。尊庐沙对他们说："你们最好不要拘捕我，我是专门来这里做楚王的老师的。"于是，守关的官员们就把他送进了城。楚大夫寘将他安置在驿馆住下，并问他："先生您不鄙弃我们的国

家，不远千里来到这里，为了要让我们的楚国强盛起来，姑且让我听听您是打算如何教导楚王的，说说可以吗？”尊庐沙听后生气道：“这都不是你该知道的事！”大夫寘只好把他送到了上卿瑕那里去。

上卿瑕以客礼接见了他，也像大夫寘那样问了他同样的问题。尊庐沙听了之后更加愤怒了，扬言要马上离开楚国。上卿瑕害怕耽误国事，因此赶紧向楚王推荐了他。

楚王听说有个名叫尊庐沙的人懂得兴国之道，而且不远千里来到楚国，大为喜悦，就立即召见了他。而尊庐沙却迟迟不来，楚王三番五次地遣使者去邀请他，尊庐沙这才来到了楚王的宫殿。大殿之上，尊庐沙对楚王施长揖之礼而不行跪拜礼，只是称了一声“楚王”，便说道：“楚国的东面有吴国、越国，西面有强秦，北面踞有齐国、晋国，这几个大国个个都虎视眈眈地注视着楚国这片沃土。我从晋国的郊外抄近道走来，听说晋国正与各诸侯定约图谋楚国版图，他们已经杀了牛羊，摆上了珠盘玉樽，歃血盟誓。并且将玉璧投到河中央以示祭奠，他们正要横渡黄河，举兵攻楚。在这样紧急的情况之下，楚王您还能够高枕无忧吗？”

楚王听后立即起身，询问尊庐沙有何高招可以应敌。尊庐沙指天发誓道：“如果您能任命我为卿而楚国不能强大兴盛起来，我当领受天诛地灭之灾。”

楚王说：“好啊，请问先生有何高见？”

尊庐沙回答说：“这是我无法空口说清楚的事。”

于是，楚王就任命他做了楚国的卿。尊庐沙在楚国闲住

名师释疑

长揖之礼：拱手高举，自上而下向人行礼。向人作揖虽然恭敬，有时则表示倨傲。

虎视眈（dān）眈：形容贪婪而凶狠的注视。

歃（shà）血：古代盟会中的一种仪式。以示信守誓言。

了三个月，一直也没有采取任何强国兴邦的举措。

不久之后，晋侯果然率领众诸侯的军队来攻打楚国了。楚王非常害怕，于是就召尊庐沙前来商量退敌之策。尊庐沙一时之间无言以对。楚王再三地追问，他才吞吞吐吐地说："晋国一方的军队十分强大，我需要时间考虑，没有比向他们割地求和更可行的办法了。"

楚王听后勃然大怒，下令把尊庐沙囚禁三年，然后把他的鼻子割掉之后送到秦国。

三年之后，尊庐沙回去后就对人们说："这都是说大话招来祸患啊。"

从此以后，尊庐沙再也不敢说大话去蒙骗别人了。

名师指津

其实，越是没有真才实学的人，越是想炫耀一下自己，夸夸其谈，过分的吹嘘，往往并没有好下场。生活中应该做一个谦虚、务实、谨慎的人！

天神杀黑龙

有一次，墨子到北方的齐国去，途中遇见占卦卜课的巫师。巫师非常神秘地劝诫他说："天神今天在北方屠杀黑龙，而先生的肤色恰恰与黑龙的颜色相同，因此继续北行怕是要难逃此劫！先生千万不要向北走啊！"

墨子根本没有听他那一套，拂袖而去。不料到了淄水，却遇到河水暴涨，根本过不了河，墨子只好往回走。

巫师见他回来就摇着头说道："我早就跟您说过，请您千万不要向北走。"

墨子说："南方人不能去北方，北方人又不能到南方，人们的肤色生而有黑有白，为什么都不能按他们自己的心愿随

名师指津

世界上真的有黑龙吗？当然没有，只要你不相信，它就不存在。为了一个虚妄的事物，而去禁止自己的言行，实在可笑。

意走动呢？况且，昨天，天神在东方屠杀青龙；今天，天神在南方屠杀赤龙；明天，天神在西方屠杀白龙；后天，天神又在北方屠杀黑龙。照此下去，假如都听从了你的话，全天下的人恐怕就不能出行了。这种做法既违背人心，又弄得百姓惶惶不可终日。你的话是万万不可信的！”

鳄鱼的眼泪

一个渔夫正在河边赶路，忽然听到一个喊声："救命呀，救命！请发发慈悲吧。"渔夫四下观望，仔细一看，原来这声音来自于一条鳄鱼。鳄鱼趴在地下动弹不得，被一棵大树压住尾巴，眼泪不停地从它眼中流了下来。

渔夫说："听着，鳄鱼先生，如果我救了你，你会吃掉我吗？"

"不，不会。我怎么会吃掉自己的恩人呢？"鳄鱼连忙回答道。

渔夫便动手搬动压在它身上的大树。就在渔夫救下鳄鱼的一刹那，鳄鱼迅即一个转身，紧紧地咬住了渔夫的衣服。

"慢着！"渔夫面带惧色慌忙地说道："你要吃掉我，得先让我的朋友鼷鼠先生评评理，你这样报恩到底对不对。"

鼷鼠来了之后，并不相信渔夫所说的一切，用怀疑的口气对渔夫说："我不相信你对鳄鱼先生会有那么好的心肠，也许是因为你想伤害它，它才抓住你的，鳄鱼先生，能否请你告诉我，渔夫来的时候，你原来在什么地方躺着？"

名师释疑

鼷鼠（xī shǔ）：家鼠的一种，俗称小家鼠。

名师指津

鳄鱼凶残狡猾，讽刺了那些阴险的小人。现实社会中，我们一定要擦亮双眼辨别善恶。

“当然可以，”鳄鱼说，“我就在这里。”当鳄鱼放开渔夫之后，鼷鼠立即让渔夫赶紧将竖起来的大树压在鳄鱼身上，鳄鱼随即又动弹不得了。

渔夫向机智的鼷鼠深深地鞠了一躬，连声道谢。鼷鼠语重心长地说道：“你呀，要记住这次教训，切不可过于仁慈！”

求田问舍

东汉末年，广陵太守陈登在其管辖的区域内大力革除弊政，老百姓很拥戴他。一天，他的故友许汜前来拜访。陈登知道他胸无大志，这次来又是只想谋求田地，购置房产，所以接待时对他很冷淡。

当天晚上，许汜宿在陈登家。陈登并不把他奉为上宾，因此让他睡在下床，自己睡在上床。许汜对此耿耿于怀。

名师释疑

耿耿于怀（gěng gěng yú huái）：事情（多为令人牵挂的或不愉快的）在心里，难以排解。

几年过后，许汜来到荆州，在荆州牧刘表麾下任职。一次，他与刘表以及前来投奔的刘备在闲谈中评论人物时，谈起了陈登：“陈登此人确有抱负，但待人有点粗豪。”

刘备对陈登不太了解，便问刘表：“许先生的说法对吗？”

刘表为难地说：“说不对吧，许先生很有见识，不会随便这样评论；说对吧，陈登却又是名重天下的人物。”刘备问许汜道：“先生说陈登粗豪，可有什么根据？”许汜把几年前到陈登那里拜访的事说了一遍。刘备听后说：“先生也有点名望。如今天下大乱，皇帝也失去了住所，人们都指望先生忧国忘家，救百姓于水火，而先生却只想谋求田地，购置房产，贪图安

名师指津

天下百姓处于危难之中，而一些人却依然自私自利，只想着自己，这种行为与盗匪无异。

逸。先生说的话陈登没有什么可以采纳的，只好不理睬先生了。如果我碰到先生，将睡在百尺楼上，而让先生睡在地下！”

公孙龙夸事

相传，一天，公孙龙进宫觐见赵文王之时，想要在文王面前好好地炫耀一番。因而，公孙龙便对文王讲述了关于大鹏一飞九万里与巨人钓六只龟的故事。

文王听后，说道："南海的大龟，我真没有见过，我只能把我们赵国土地上发生过的事情告诉你。在我们的恒山南边，有两个小孩，一个叫东里，另一个叫左伯。有一次，这两个孩子如往常一样，在渤海边一起嬉戏玩耍。不一会儿，有一种名为鹏的大鸟，开始成群地在海面上飞翔。东里赶快跳到海里去捕捉，一下就捉到了一只。渤海那么深，可是海水才没到东里的小腿。东里茫然地向四处张望，究竟用什么来装这只大鹏呢？他突然看到了左伯，便扯下他的头巾，把大鹏装了进去。这下左伯生气了，就同东里扭打了起来，很久都不肯停手。东里的母亲想把东里拉回去。不料左伯突然举起太行山打算向东里扔去，结果却错向东里的母亲砸了过去，东里的母亲因此而失明，她赶紧用指甲把太行山从眼睛里拿了出来，然后顺手朝西北方向抛去。因此，现在的太行山中间是断裂的。我想，你也看见了吧？"

公孙龙听罢，顿时垂头丧气，不知道该说什么好，只得向赵文王作了一个长揖讪讪地退了出来。他的门客对他说："先

名师指津

公孙龙耍小聪明，夸夸其谈。而文王“以其人之道还治其人之身”，让他自讨没趣。告诉人们要言之有物，不要吹嘘，而且要留有余地，这样才会得体。否则，大话终会被揭穿的。

名师释疑

讪（shàn）讪：羞愧，难为情。

生用大话向他人炫耀，那么碰壁便是理所当然的啊！”

酒的出路

相传，古时候宋国有个卖酒的人，他酿的酒味道香醇，并且他招待顾客也非常殷勤，门前高高挂起的酒旗迎风飘扬，十分醒目，就好像在向顾客招手一样。

名师释疑

殷勤(yīn qín)：热情而周到。

一般来说，像这样一家酒馆，生意应该是很红火的。但是，前来酒馆打酒的人却少之又少。因为生意清淡，酿出来的美酒，只好一坛一坛地堆在那里，日子一长，居然连酒都变酸了。主人看着这样的情况，非常着急。于是他就跑去问村上一位有见识的长者：

“先生，我要向您请教！我们店里的酒，味道好，价钱也公道，而且我对顾客又都非常友善，但是为什么酿出来的酒，却总是卖不出去？”

老人想了想，问道：“你家养的狗是不是对人很凶啊？”

店主人回答说：“我家的那只狗确实很凶，不过，这同卖酒有什么关系呢？”

老人解释说：“有人家让他们的孩子拿着钱，提着壶，到你家去打酒。但是你家的狗，却张牙舞爪地追赶出来，咬他们的腿肚，又撕破他们的衣服。这样一来，大家都害怕路过你家的门口，又有谁敢去买酒呢？难怪你家的生意不好，连酒都变酸了。”

名师指津

世间万物都是相互联系着的，孤立片面地分析问题，只会使问题更加复杂化。只有系统、全面找出其中的原因，这样才可以解决问题。

曲高和寡

宋玉是战国时楚国著名的文学家，在楚襄王手下做事。有一次，楚襄王问他："先生最近有行为失检的地方吗？为什么有人对你有很多不好的议论呢？"

宋玉若无其事地回答说："是的，有这回事。请大王宽恕，听我讲个故事。最近，有位客人来到都城唱歌。当他演唱他非常通俗的歌曲时，城里的有好几千人跟着唱。当他唱起比较通俗歌曲，例如《阳河》，城里跟他唱的大约只有几百人。当他唱起格调比较高雅的《阳春》和《白雪》时，能跟着他唱的仅剩下几十个人了。"

"由此可见，唱的曲子格调越是高雅，能跟着唱的也就越少。在篱笆间飞奔的野鸡如何能与展翅翱翔于九霄之上的凤凰一较高下？在潜水中嬉戏的小鱼如何能与一天往来于昆仑山和大泽之间的鲲鹏相比？同样，人也是如此。我的思想以及所作所为，普通人又如何能理解？"

楚王听了，说："哦！我明白了！"

名师指津

自己的所作所为，旁人岂能真正明白。我们要做的并不是一味地寻求别人的理解，而是要追求自己内心的达观。

桓公知士

战国时期，齐桓公深知宁戚为人，准备重用他。大臣们知道后，到处散布流言蜚语，诋毁宁戚。他们对齐桓公上言道：

“宁戚是卫国人，卫国离齐国不远，大王可以派人去调查一下，若他果真有贤能，再任用也不晚呀！”

齐桓公说：“不能这样。人们常常计较一些鸡毛蒜皮的小缺点，而看不到一个人好的方面，这就是一些贤良之才得不到任用的原因。”于是，他立即在晚上宴请宁戚，并任用他为齐国的宰相。宁戚担任了齐国的宰相后，多次联合各诸侯国，促进了天下的安定。齐桓公可谓是善于发现人才、重用人才的贤明君主啊！

名师指津

生而为人，哪怕是最优秀的人也是有缺点的，而那些觊觎之人必然心存嫉妒，对优秀的人加以恶意地诋毁，而用人的领导可以选择听，也可以选择不予理会。选择前者会失去人才，选择后者会得到千里马。可见齐桓公是明智的。

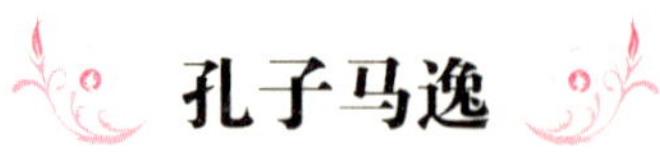

孔子马逸

一次，孔子赶路累了，在路旁休息。不料他骑的马跑到地里吃了农户的庄稼，种田的人就把马扣了起来。

子贡自告奋勇前去劝说，可是他讲了一大套道理，那农夫还是始终不理他。

这时恰好有个刚刚去侍奉孔子的乡下人，主动请缨：“不妨让我去说说看。”这个人对农夫说：“你耕种的土地如此辽远，从东海一直到西海，我们的马又怎么能不吃点你的庄稼呢？”

农夫觉得他说的有道理，微笑着说：“你说的这话还是有道理的，哪里像刚才来的那个人！”于是，就非常爽快地答应把马解下来还给了他。

名师释疑

请缨：指主动请求担当重任。

名师指津

对于不同的人，需要讲求不同的说话技巧。农夫自然是无法听不懂那些枯燥无味的大道理的。

穆公失马

春秋时期，秦穆公出外巡游，车子在途中坏掉了，当即跑掉了一匹马。穆公追到岐山南面，见一群人将他的马宰杀后煮来吃。穆公对他们关切地说："我听说只吃骏马肉而不喝酒，会伤害身体的，我担心它伤害你们的身体啊！"说完，秦穆公一个一个地劝他们喝酒，然后才离开。

一年之后，秦穆公与晋惠公在韩地开战。晋军把穆公的战车团团围住，晋国的大夫梁由靡紧紧地拉着穆公战马，眼看穆公就要被抓住了。在这千钧一发之际，曾经吃过穆公马肉的一些人，提枪持戟在穆公车下同晋军浴血奋战，结果打败了晋军，并生擒了晋惠公凯旋。

齐心协力

吐谷浑的国王阿豺在他年老病重之时，将他的二十个儿子叫到病榻之前，又叫来了弟弟慕利延，嘱咐身后之事。国王将一束箭交给慕利延说："你抽出一支箭，然后折断它！"慕利延按照哥哥的吩咐,很容易地就箭折成两段了。国王又说："你再抽出十九枝箭来，合在一起，把它们折成两段！"慕利延拿着十九枝箭，用尽了力气，不管如何也无法将其折断！

这时，国王就对他的二十个儿子说："你们懂得这个道理

名师释疑

千钧一发：千钧的重量系于一根头发之上。比喻事态十分危险。

吐谷浑：古国名。西晋至唐朝时期位于祁连山脉和黄河上游谷地的一个古代国家，最后被吐蕃所灭。

吗？单独一支箭，很容易就可以被人折断；如果把许多箭合在一起，那就很难折断了！你们如果能够戮力同心，也就可以保卫国家的安全了！”

杀猪教子

有一天，曾子的妻子要去上街。她的孩子哭喊着要跟母亲一起。曾子的妻子被闹得没办法，就弯下腰哄他说：“孩子，回去吧！等我上街回来，就杀猪给你吃！”

妻子从街上回来，看见曾子正准备杀猪给孩子吃。妻子急忙阻止他说：“你疯啦！你真的要杀猪给孩子吃？我是骗骗孩子的！”

曾子严肃地说：“你怎么能欺骗孩子呢？小孩子什么也不懂，孩子的一举一动，都是跟爸爸妈妈学的。现在你欺骗孩子，就是在教孩子去欺骗，做儿子的就不会相信他的母亲了。这样教育孩子，是要不得的。”

曾子说完这番话后，杀了猪，煮了肉给孩子吃。

却恶奔秦

当秦国与楚国之间的关系开始恶化的时候，楚国的左尹却恶慌忙逃到了秦国，他向秦王讲了许多楚国的坏话。此举自然令秦王十分高兴，于是，就想封他为五大夫。

这时，秦国的大夫陈轸对秦王说：“在我的街坊中，有一

名师释疑

戮力同心：指齐心协力，团结一致。

左尹：楚国官名。位次于令尹，为楚国之卿。又有右尹，地位略低于左尹。

名师指津

曾子认为一诺重于千金，即便对孩子也不能失信。“诚信”一直都是被提倡的传统美德。孔子曰：“言必信，行必果。”又曰：“君子以行言，小人以舌言。”言，既是思维的产物，又是行动的宣示。我们要从日常小事做起，一言既出，便要有信，“言”出“行”随。

个从丈夫那儿逃跑并且出来再嫁的女人，她整天对现在的丈夫说她前夫的坏话，两个人因此聊得十分火热。一天，这个女人和现在的丈夫也闹翻了，于是又再嫁给城南的一个外地客商。她总是对这个客商不停地讲她第二任丈夫的坏话，就像曾经总对第二任丈夫讲第一任丈夫的坏话一样。一天，客商与她的第二任丈夫偶然相遇，这个客商把她整日讲的坏话都告诉了她第二任丈夫，不料她第二任丈夫听后非但不生气，反而哈哈大笑，说：'她现在绘声绘色地说给你听的，正是她以前经常讲给我听的那些内容啊。'现在，左尹从楚国来投奔我们秦国，并且总是说楚国的坏话，要是有那么一天左尹得罪了大王您而逃到别国去，那他一定会用如今诽谤楚王的话来诽谤您的。"

秦王听了陈轸的劝说，沉吟片刻，便决定不用却恶。

名师指津

为人处事要谨慎，不可凭一面之词来判断和轻信一个人。同时也告诉我们，曲意逢迎的人是不可以与之结交的。

名师赏析

为人处世是我们一生都要学习的课题，只有懂得处世之道，才能迎来自己生命中真正意义上的坦途。处世之道，处事有道。正身、克己是我们处事的核心准则，掌握了这个准则，在此基础之上，方能处世有道。本章我们推送的寓言小故事便是我们生活中方方面面处世之道的具体体现，细心阅读，就能体会其中的精髓所在。

学习借鉴

好词

反唇相讥　虎视眈眈　流言蜚语　千钧一发　戮力同心

好句

*宝物于我早已毫无关系了，我现在就有最珍贵的宝物，这个宝物的价值不可估量，水不能将它淹没，火不能把它点燃，风不能使它飘扬起舞，太阳不能将它晒烤烧焦。

*人们常常计较一些鸡毛蒜皮的小缺点，而看不到一个人好的方面，这就是一些贤良之才得不到任用的原因。

思考与练习

1. 你认为处世之道最重要的是哪一点？说说你的看法。

2. 你生活中有没有遇到过说大话的人？对于这种人，你最想对他说些什么？

DI ER zhang

第二章　智慧源泉

名师导读

第一章中，我们用寓言故事阐述了什么是处世之道。在这一章，我们将要为读者呈现的是关于智慧的寓言故事。智慧，其实就是生活之道，生活可以给人以智慧，而智慧便是我们行为的力量，创造的根本。

熟能生巧

北宋时期，有一个名叫陈康肃的人，他十分擅长射箭，在当时还没有一个人可与他相比。他也很为自己高超的射箭本领感到骄傲。他闲时经常在自己家的园子里勤奋练习射箭。

一次，他正在练射箭时，有一个卖油的老头走过那里，他放下担子站在那儿眯着眼，悠闲地看着陈康肃射箭，并且好久都不离开。当见到陈康肃射箭十有八九都能射中，他也只是微微点点头，表示赞许，再无其他感叹溢美之举。

名师释疑

溢(yì)美：过分赞美。

康肃问他："难道你也懂得射箭吗？你看我射箭的本领还不够高超吗？"

老头回答道："没有什么，只不过是手熟罢了。"

陈康肃听后生气地说："你怎么敢如此轻视我射箭的本领！"

名师指津

不管做什么事，只要肯勤奋，反复用心练习，久而久之，必定能够得心应手。

老头非常从容地回答说："凭我倒油的经验就能够知道这个道理。"说着，他就取一个葫芦放在地上，并用一枚小小的铜钱盖住了葫芦口，然后用勺子舀起油从高处缓缓地注入葫芦，只见油顺着钱币中间的小孔往下倒，却丝毫不沾湿钱币。待倒完之后，他说："其实我这种技能也根本没有什么奥妙，只不过是手熟练罢了。"

陈康肃听了点头不已，心服口服地向老人家恭恭敬敬地施礼告别。

庖丁解牛

梁惠王观看庖丁正在分割一头牛，只见他手起刀落，既快又准，就连声夸奖他的技术好。

庖丁答道："我之所以能做到这样，主要是因为我已经熟悉了牛的全部生理结构。开始，我眼中所见的，都是一头一头完整的牛；现在，我看到的却没有一头全牛了——哪里是关节，哪里是筋结，从哪里下刀，需要用多大的力，全都心中有数。因此我这把刀虽然已经用了十九年，解剖了几千头牛，但是还同新刀一样锋利。不过，如果碰到错综复杂的筋结，总是小心翼翼，不敢掉以轻心，动作很慢，下刀很轻，聚精会神，全神贯注的。"

梁惠王说："我从这番话里，学到了许多有益的东西。"

名师指津

庖丁熟知和掌握了牛的生理结构，全身心地投入下刀，自然轻车熟路。现实生活中，我们做事情也是同样的道理。

裁缝制衣

从前，有一个人拿了一匹绸缎去请裁缝剪裁制衣。裁缝师傅就询问穿衣人的年龄、相貌、性情，以及哪一年中的举，唯独不问及衣服的尺寸。前来做衣服的人听后觉得非常奇怪。

裁缝师傅解释说："少年中举的人，他的性情骄傲，胸脯必然挺得很高，衣服需要裁得前面长后面短；老年中举的人，他的性情懒散，脊背稍有弯曲，衣服需要裁得前面短后面长；

名师指津

这位裁缝师傅通过平日里的细心观察，巧妙地判断出制衣的要点，技艺精湛。因此，我们在做一件事的时候，刻板的行动不如细心的观察。

肥胖的人腰宽，体瘦的人身窄；性情急躁的人宜穿短衣服，性情和缓的人宜穿长衣服。至于尺寸，都是既定的成法，那又何必再问呢？”

如今，这样的裁缝师傅已经不多见了。现在的裁缝总是依据旧有的衣服定尺寸，或以新的式样为时髦，不懂得制衣的道理，总是在计算如何偷工减料。

鲁班刻凤

一天，鲁班正在雕刻凤凰模型，许多人上前围观。凤凰的头脚还没有刻好，翠绿色的羽毛还没有插上，人们就七嘴八舌地评头论足起来了。看见凤身的人讥笑道：“唔，简直像个鹞婆鹰。”见了凤头的人尖刻地说道：“这是什么凤头，跟水塘里的鹈鹕头差不多嘛。”人们都说它丑陋无比，嘲笑鲁班太笨拙。

凤凰模型刻好之后，晶莹翠绿的冠像云朵耸立在凤凰的头顶上；红色的爪子像闪电般发光，锦绣似的凤身像彩霞似的飘逸；美丽的翎管发出像火花似的光艳。它扑的一声绕梁而飞，飞了三天三夜。这时人们都赞叹不已，都说它奇妙异常，并异口同声地称赞鲁班的手巧。

名师指津

凤凰还没有雕刻好，人们就开始评头论足起来。他们仅从一个角度上观察，自然是不全面的。故事告诉我们看待事物要学会客观、全面，不能以偏概全。

匠人之技

裴封叔的住宅位于光德里。一天，有一个木匠来敲他的门，原来这个木匠想租一间空屋来住。只见这个自称是木匠的人

随身所带的只有长尺、圆规、角尺、绳墨，而没有常用的刨子、斧头这样的木匠工具。

于是，裴封叔问木匠有什么技能，木匠认真回答道：“我擅长的是量材取用，根据不同房屋的结构设计，来相应选择高深、方圆、短长适当的材料，然后指挥工匠们严格地加工制作。倘若离了我，工匠们便一间房子也造不出来。因此倘若官府请我做工，给我的薪俸一般都是普通工匠的三倍。倘若是私家请我做工，我则会收取整个工钱的一半以上。”

没过几天，裴封叔无意之中走进他的房子，突然看到他睡的床缺了一条腿而没修理。他见裴封叔一直盯着这张床看，就忙解释说：“我正打算请别的木匠来修理。”裴封叔听后觉得非常可笑，更加认为他肯定对手艺一窍不通，只会花言巧语骗取别人的钱财。

名师释疑

花言巧语：原指铺张修饰、内容空泛的言语或文辞。后多指虚假而动听的话。

后来，京城的一位长官要修建官署，而裴封叔恰巧经过工地。只见那里木材堆积如山。许多工匠正态度认真地站在工地上，只见他们有的手里拎着斧子，有的手里拿着锯子，大家围着那木匠，听他发落。而这个木匠正左手握着长尺，右手拿着木棍，神情严肃地站在工匠们中间。

他严格按照房子的栋梁要求，又根据木材的性能量好尺寸后，果断地挥举棍子说：“砍！”那些拎斧头的工匠就连忙往右跑。他用眼打量了一番又指着说：“锯！”那些拿锯子的听到后便立即往左跑。

过了一会儿，那些拎斧头的工匠听从指挥，抡起斧头砍起来，拿刀的工匠仔细削起来。大家都认真看他的眼色行事，仔细听从他的吩咐，根本没有谁自作主张的。对于那些无法胜任工作的人，他严加斥责，予以辞退，毫不留情，可这些人谁也不敢抱怨。只见他把造房子的蓝图一丝不苟地画在墙上，大小也不过一尺见方，但整个房子的构造却非常详细完整。按着蓝图上的尺寸来建造大厦，建成后，房子与图纸上的要求完全一致，丝毫没有走样。

在生活实践中，人才不一定是全才，往往是那些拥有一技之长的人，更能把才能发挥得淋漓尽致。同样，在现实生活中，我们对于自己喜欢的事物要做到精益求精，要拥有匠人精神。

房子完工后，裴封叔仔细绕着它看了一遍，不禁大为吃惊。这时裴封叔才知道这个木匠的技艺是多么的卓越。

东郭先生和狼

一天，东郭先生骑着毛驴走在路上，驴背上驮着一个口袋，口袋里装着书。

忽然，从后面跑来一只狼，慌慌张张地对东郭先生说："先生，求你救救我吧！猎人在后面追我，让我在您的口袋里躲一躲。躲过这场灾难，我永远都忘不了您的恩情。"

名师指津

不分救助对象，对野心的狼施舍仁慈，必定会让自己惹上麻烦。

东郭先生犹豫了一下，看看狼那副可怜的样子，心肠软了下来，于是就答应了狼的请求。他把口袋里的书取出来，想办法把狼往口袋里装。可是口袋很浅，根本装不下狼的身子。猎人就快要来了，他的马蹄声越来越近了。

狼焦急地说："先生，求求您快一点儿吧！猎人一来，我的性命就会不保！"

说完，它就躺在地上，蜷成一团，头接着尾巴，四条腿聚拢，让东郭先生用绳子将自己捆起来。东郭先生依照狼的

意思，把它捆好后装进口袋中，又将书放在上面，之后扎紧口袋，放在驴背上继续往前走。

猎人追上来之后，不见狼的踪迹，就问东郭先生："先生，你有没有看见一只狼？如果看见，它又往哪个方向跑了呢？"

东郭先生说："我没有看见狼，这山路地形复杂，它也许从别的地方早就逃走了。"

猎人听后，头也不回地走了，越走越远。狼就在口袋里说："先生，您可以把我放出来了。"东郭先生把狼放出来后，狼伸了伸腰，舔了舔嘴，马上露出凶相，张开血盆大口，对着东郭先生说：

"我现在非常饿，如果找不到食物，我就一定会饿死。先生既然救了我，就该好人做到底。让我吃了你吧！"说着，就张开爪子向东郭先生扑去。

东郭先生非常吃惊，迅即绕到驴的一侧躲避，狼更是对东郭先生猛追不舍。不一会儿，东郭先生就累得气喘吁吁，嘴里不住地骂道："你这没良心的东西！我救了你，你还恩将仇报。"

名师释疑

恩将仇报：用仇恨报答恩惠。

在不停的追逐中，天色向晚。

这时，有个农夫扛着锄头路过此地。东郭先生急忙上前拉住农夫，请他评理。东郭先生把事情的经过告诉了农夫，然后问农夫："请问老伯，我应该让狼吃吗？"

狼不等农夫开口，就抢着说："他刚才捆住我的腿，把我装进口袋，上面还压了很多沉甸甸的书，这哪里是救我，分明是想闷死我。这样的人不该被吃掉吗？"

农夫想了想说："你们的话，我谁也不信。这个口袋怎么能装得下一只狼呢？我得看一看狼是怎样装进去的。"

狼同意了。

它又躺下，蜷成一团。东郭先生用绳子把它捆起来，装进口袋。农夫急忙将袋口束紧，对着东郭先生说："这种吃人的野兽，本性难移。对狼讲仁慈，简直太糊涂了！"说罢，抡起锄头，就把狼打死了。

东郭先生恍然大悟。他对农夫说："谢谢老伯今天救了我，我一定要记住这个教训。"

名师指津

狼的凶恶天性使然，对其施以援手的时候，东郭先生却忘了这一点。我们在交友之时一定要多加分析，学会辨别。

名师释疑

恍（huǎng）然大悟：形容猛然省悟。

猴的本性

古时候，纪国国君非常喜欢猴子，他命一个驯猴的师傅教授一只猴子各种技艺。驯猴师傅就把这只猴子装扮成人的模样，给他戴上了九山高帽，穿上了结彩云霞的彩衣，让他踩上绣有凤凰的小鞋子，教这只猴子登堂后一下阶就进退拱让，立拜坐跪完全与人无异。这时，驯猴师傅就认为是时候了，于是将这只猴子呈献给了纪国国君。

纪国国君见到这只乖巧的猴子后十分喜悦，就举起了酒杯给猴子灌酒取乐。猴子喝完了酒之后，忽然蹦跳地腾跃起来，将彩衣撕坏，将高帽拉裂，疯狂地逃走了。

因为猴子只是假借人的模样装扮人的行为的，但它的本性是没有变的，因此一旦遇到变化就会原形毕露。

名师指津

不管猴子再怎么装扮，其本性是永远不会改变。在一定的环境下，这种荒谬的现象更会变本加厉地呈现出来。也讽刺了那种做坏事的人，无论如何遮掩隐蔽，终有"纸包不住火"的时候。

蝜蝂嗜取

蝜蝂，是一种会背东西的小虫，经常负重前行。每当它在爬行之时遇到东西，便总是想方设法地将这东西背在背上，然后前行。这样，随着它见到的东西越来越多，它背的东西就越来越多，也就越来越沉。尽管这些东西已经将自己弄得精疲力竭，蝜蝂也不会停止继续负重。由于它的背非常粗糙，因此堆积在背上的东西就不容易掉下来，始终会重重地压在它身上。一旦跌倒，就再也无法爬起来。

有的人非常可怜它，帮它将背上的重物都拿了下来。可是，只要它能够爬行，就又像过去那样，遇见东西就要想方设法背负在自己的背上；它还喜欢奋力往高处爬，就算精疲力竭也不肯罢休，直到从高处掉下来活活摔死。

世人千万不要像蝜蝂那样，不知放弃，自不量力，贪得无厌，执迷不悟，最终走向自我毁灭。

名师指津

讽刺那些聚敛资财、贪得无厌、至死不悟的人的丑恶面目与心态，嘲讽了那些追求名位、贪婪成性的人的丑行。因此，我们要懂得知足常乐，不要太贪心。

各用所长

汪罔国的人身材都很高，就连他们的胫骨都有一丈多。这里的人们以捕捉野兽为生。当野兽在地面上穿行时，他们却不能弯腰屈体地去猎取它们，因而常常捕不到任何猎物而饿肚子。僬侥国的人长得都很矮，他们的脚只有三寸多长。

名师释疑

汪罔国：古国名，夏、商王朝时期的一个国家，后为楚国所灭。

他们是专门靠捕捉蝉来作食物度日的。可若是当蝉飞起来的时候，他们也就只能眼巴巴地看着，无法去捕捉，因此也同汪罔国人一样经常过着饥一顿饱一顿的日子。

这两个国家的人一起去向女娲娘娘诉苦。女娲娘娘听了他们的抱怨之后说："当初我用黄土分别将你们创造出来的时候，虽然形体会有大有小，但是耳、鼻、口、眼、头、腹、手、足、心、肝、肺、肠、毛孔、骨节等诸器官并没有多少的区别啊。身材高的已无法削短，个子矮的也不可能给他加高，因此高就应该利用高的长处，矮也应该利用矮的特长啊，这完全是取决于你们自己的适应能力，而不是我所能够帮助的事啊！"

名师指津

世界万物都有自己的长处和短处，只有合理地安排好自己的长处，这样才能表现出你自己的特色。

各有所能

猗子皋听说尾勺氏养了一只豹，这只豹善于捕捉野兽，于是猗子皋就拿出一对白璧去换取这只豹，他将这只豹带回家中之后，大摆酒席，宴请自己的亲朋好友。席间，他将这只豹牵到院子里，并向大家夸耀说它捕捉野兽的本领有多强。平日里，他非常娇惯这只豹，牵系它的链子是金子做的，上面还系着一根漂亮的绸带，给它的食物是牲畜肉。

一天，有只大老鼠突然蹿过廊檐，猗子皋连忙解开豹的锁链，让它去捉这只老鼠。但豹却无动于衷，止步不前。此时，猗子皋便开始怒骂这只娇贵的豹。

又有一天，一只老鼠蹿过了这里，猗子皋再次解开豹的

名师释疑

无动于衷(zhōng)：心里一点儿不受感动；一点儿也不动心。指对令人感动或应该关注的事情毫无反应或满不关心。

锁链，豹依然像上次那样，没有任何举动，木讷地站在原地。猗子皋大怒，用鞭子狠狠地抽打它，豹立刻怒吼起来，猗子皋也愈加恼火，抽得更凶了。他拿来了拴牲口的粗绳把它牢牢地拴住，放进牛羊的栏里，每天喂它粗糠糙粮，豹子的生活由此发生了翻天覆地的转变。

猗子皋的朋友安期子佗听说了这件事后，就讥笑他说："我听说名剑巨阙都很锋利，但用它来补鞋还不如尖利的锥子好用呢；锦缎丝绸虽然华丽高贵，但是用来洗脸还不如一尺的粗棉布好使呢；漂亮的豹子虽然是凶悍勇猛，但是用来捉鼠却不如野猫伶俐啊。你是多么愚蠢的人啊！为什么不用一只野猫来抓老鼠，而放豹去捕猎凶猛的野兽呢？"

猗子皋听了这番话之后说："就照你的话去做吧。"

没过多久，野猫果然把老鼠都捉完了。豹子也成功地猎获了许许多多的獐、鹿、麂和野兔等野兽。

名师指津

豹子善猎，野猫捕鼠。任何事物均有各自的优势与不足之处。如果从实际出发，充分尊重和遵循它们的规律，并促进优势互补，再难的事情，也会变得容易。

河中石兽

沧州南面，有一座寺庙紧靠在河边。山门崩塌在河里，两只石兽也一道沉入了河中。过了十多年，和尚募集了一些钱，要重新修建山门，便派人到河里去打捞那两只石兽，竟然毫无所获。人们以为石兽顺水冲到下游去了，驾着好几只小船，拖着铁耙，寻找了十多里，也不见踪迹。

名师释疑

募集(mù jí)：广泛征集。

在庙里设馆讲学的一位教书先生，听到此事后笑着说："你们不会推求事物的道理。这石兽又不是木头，难道能被洪水带走么？石头的质地坚硬沉重，河底的泥沙却是松软轻浮的，石兽沉没在沙土上，自然就慢慢地越沉越深啦。沿着河岸往下寻找，不是很可笑么？”大家听后心服口服，认为这种说法是确切无疑的。

一个老河兵听到了，又笑着说："大凡掉到河里的石头，都应当到上游去寻找。因为石头的质地坚硬沉重，而沙性松浮，河水是冲不走石头的，而它的反冲力一定会侵蚀石头下面迎水处泥沙，逐渐形成一个陷坑，越冲越深，冲到石头凹陷到一定的程度之时，石头必定会翻转过来落在陷坑里。河水再一次像这样侵蚀石头下面的泥沙形成陷坑，石头就再一次翻转过来，如此循环往复，石头就会逆流而上了。到河的下游去寻找，固然可笑，就地去找，不是更可笑么？”人们按照老河兵的话去寻找，果然在几里外的上游找到了这两只石兽。

名师指津

老河兵全面分析了各种情况，准确地判断出石兽的地点。对于任何事情，不能只知其一，不知其二，臆断下结论，这是不可取的。

这样看来，对世上那些各种各样的事物，人们只知其一，不知其二的情况是很多的，难道可以按照个人的见解去主观臆断么？

毛遂自荐

战国时期，秦国军队包围了赵国都城邯郸。赵王派平原君去说服楚王与赵国结盟出兵，解救赵国。

平原君打算从三千多门客中挑选二十人作为随从，但挑来挑去只有十九人符合要求，正在万分焦虑之时，有个名叫

毛遂的门客说道："就让我去吧！"

平原君笑着说："有才能的人，不管在哪儿，都好像放在布袋中的锥子，一定会露出尖锋来。可你来了三年，没人说起你的名字，可见没有什么才能啊。"

毛遂说："我如果早被放在布袋里，早就会脱颖而出，何止露出一点尖锋呢！"

名师释疑　脱颖而出：比喻人的才能全部显示出来。

平原君认为他说得有理，便带毛遂等二十人来到了楚国。平原君请楚王结盟出兵，从早晨谈到中午，还没有结果。此时，十九个门客十分着急，一时间没了主意。

毛遂按剑上前说："订盟之事，非利即害，非害即利，无非利害二字而已，这样明白为何现在还不决定！"

楚王怒斥道："我与你主人说话，你来做什么？还不速速退下！"

哪知毛遂不但没有退下，反而又上前几步说："现在大王的性命掌握在我手上，你的十万兵马都没有用了！"

楚王怕毛遂真的会动武，一时无言对答。毛遂继续进逼说："其实，楚国有五千里辽阔的土地，几十万雄师，这么强大的国家，为什么还要畏惧秦国呢？大王不同意楚赵联盟，难道要等秦国逐个击破，坐以待毙吗？"楚王听了连连点头，随后便答应与赵国订盟，出兵解赵国之围。

名师指津　条理明晰的言辞对一个纵横家而言是非常重要的，毛遂用简单的道理寥寥数句便说下楚王订立合纵之盟。另外，这份胆识与智慧也是值得我们学习的。

几天后，楚、魏两国联合出兵救赵，秦军被迫撤军。

良马之败

东野稷有驾车的绝技，远近闻名。一次，他去见鲁庄公，庄公久仰其绝技，便让他当场表演。只见他十分娴熟地驾着马车前进、后退，就像墨斗画的一样笔直；再驾着车向左右两边转圈，又像圆规画的一样圆。鲁庄公赞叹不已，由此认为东野稷驾车的高超技术谁也比不了，而且永远不会失败。于是就叫东野稷沿着同一条轨迹，朝着相反的方向，来回各绕一百圈。

颜阖看到了这种情况，立即走上去对鲁庄公说："万万不可如此，东野稷的马很快就不行了。"可是鲁庄公假装没有听见，根本没有理睬他说的话。

过了一会儿，东野稷的马果然失败而归。

鲁庄公疑惑不解地问颜阖道："你是如何知道它要失败的呢？"

颜阖回答说："这匹马的力气已经消耗尽了，现在还要求它继续跑那么多圈，马匹能受得了吗？所以我断定它必定会失败。"

名师释疑

墨斗：传统木工行业常用的工具，画出来的线非常直。

虢国（guó guó）：西周初期的重要诸侯封国。西虢在今陕西宝鸡东，后来迁到河南陕县东南。东虢在今河南郑州西北。北虢在今河南陕县、山西平陆一带。

名师指津

做事情不可超过个人的能力，要量力而为。同时，看事情要透过现象看本质，不要被外在的现象所迷惑。

唇亡齿寒

在晋国和虢国之间，隔着一个虞国。有一次，晋国准备

去攻打虢国，于是便打算借路于虞国。可是晋国的国君又担心虞国不答应。

这时，晋国的大夫荀息向晋王献计道："如果您愿意把那块珍贵的垂棘出产的玉石和那匹屈邑产的骏马送给虞王，然后再向他借路，他就一定会答应。"

国王说："那垂棘的玉石可是稀罕宝贝；而屈邑产的骏马，又是我最好的一匹马。倘若虞国收了这两件东西，又不肯借路给我们，那时候可怎么办？"

荀息说："虞王如果不答应借路，一定不敢轻易收下我们的礼物；如果收了，就一定会借路给我们的。而且他收下了也不打紧。我们如今把玉石放在虞国，只不过是把它从内室移到外室；而把骏马送给虞国，也只不过是把马从内马圈关到外马圈里去罢了。其实要把玉石、骏马拿回来，还是很容易的！"

国王遂听取了荀息的意见，把两件礼物送给了虞国。而虞王得了宝石和骏马，欣喜异常，立刻答应了晋国的要求。

可是就在这时，虞王身边的一位臣子宫之奇对此提出了抗议，他说："这样做是不对的！因为虢国是我们的邻邦，这个国家和我们的关系，就像嘴唇和牙齿的关系一样，互相关联着。如果我们借路给晋国去打虢国，虢国灭亡了，我们虞国还能保全吗？您万万不能答应借路啊！"

虞王一心惦记着刚收到的两件珍贵的礼物，根本无心采纳宫之奇的意见。

而另一边，荀息带了兵马，一路坦途，攻下虢国。三年之后，晋国果然又兴兵灭了虞国。

名师指津

虞王为了一时之利，最终失去了整个国家。唇亡齿寒的道理人人都懂，只是一时的贪念让虞王蒙蔽住了双眼。

太监的智慧

古代有个国王，准备用千金买一匹千里马，可是买了三年，还是没有买到。一个太监对国王说：“我愿意替您去买！”国王就答应了。

这太监寻了三个月，总算打听到了一匹千里马。可是等他到了那里，千里马却已经死了。可是这太监还是花五百金买了那匹死了的千里马，把死马的骨头带回京城。

国王见太监用五百金买了一堆马骨头，便大骂这太监：“我要买的是活马，要这死马做什么！你白白糟蹋了我的金子。”

这太监却不慌不忙地说：“我用五百金买了这死马，无非是叫天下人都知道，您是喜欢千里马的。这消息一传出去，有千里马的，自然会自己送上门来了。”

果然，不出一年，国王就买到了三匹千里马。

名师指津

太监重金买下死马的行为充分表明了买马的诚心，因此，后来卖马人纷至沓来。做一件事，首先要有诚意和耐心，决定了，就要付出实际的行动来体现。

任公子钓鱼

任公子是个钓鱼的能手，专喜欢钓大鱼。有一次，他制作了一个大鱼钩和一条很粗的黑丝绳，又宰杀了 50 头阉牛作为钓饵。一切准备妥当之后，他就拿着钓竿，扛着钓饵登上会稽山，蹲在山顶上，把钓竿鱼钩投入东海，等着大鱼来上钩。

可是，他等了整整一年也没钓到鱼。有人讥笑他说："你还是去钓钓小鱼吧！那要容易得多。"任公子却一点也不着急，每天稳坐钓鱼台。

名师指津
"燕雀安知鸿鹄之志哉"，平凡的人哪里知道英雄人物的志向。

终于有一天，一条大鱼上钩了。这大鱼不知有多大，只看见它牵引着鱼钩在水底奔窜，搅起的浪头像山峰一样高，发出的声响像一万面鼓在擂，声震千里。任公子钓到这条鱼后，把它剖开晒成鱼干，让所有钱塘江以东、苍梧山以北的人，都饱食了一顿。

一些才智浅薄的人听说任公子钓到了大鱼，都惊讶地奔走相告。由此看来，那些拿着细小的钓竿和钓丝，走向小沟小渠，只留心那些鲵鱼、鲫鱼的人，要想得到大鱼是很难的。有些人以浅陋的学说把自己装扮起来而企求巨大的名声，他们距离明理博学的程度也是很远的。

惊弓之鸟

更赢是战国时著名的射箭能手。有一天，他与魏王正在一个高台下面畅谈，忽然听到空中传来一阵阵大雁的哀鸣。更赢抬头一看，见一只大雁正从东方飞来。

更赢对魏王说："我不用箭，只要拉一下弓，就能把那雁射下来。

魏王不太相信地说："难道你射箭的本领竟可以达到这样的地步吗？"

更赢回答道："我可以表演给您看。"

于是他拿起弓，对着飞雁拉了一下空弦，那只雁果然从空中掉了下来。

魏王惊叹道：“你射箭的本领竟然到了如此高超的境界，真是太神奇了！”

更赢笑着告诉魏王说：“不是我射箭的本领大，而是因为这一只大雁是一只有伤病的孤雁。”

魏王不解地问道：“先生是怎么知道它有伤的呢？”

更赢解释道：“它飞得很慢，叫得很悲戚。飞得慢，是因为旧伤疼痛；叫得悲戚，是因为长久失群。旧的创伤未好，惊心未定，听见了弓弦的响声，慌忙振翅欲高飞，所以引起旧伤破裂，从空中掉了下来。”

名师指津

不论对待什么事，都要仔细观察，认真分析。然后，加以推理、判断，就能得出正确的结论，解决问题。因此，在生活中，我们要向更赢学习。

泥巴人和桃木人

孟尝君接受秦国的邀请，准备前往秦国。齐国的人为他的安全着想，劝他不要去，但他执意前往。

苏秦也前来劝阻，孟尝君有些不耐烦，便说：“关于人世间的事情，我都很清楚；我所没听到的，只有鬼事罢了。”

苏秦说：“臣前来，本来不敢再谈人事，只是谈些鬼事而已。这次我出来，路过淄水，听到泥巴人和桃木人在说话。桃木人对泥巴人说：‘你呀，本是河西岸的泥巴，是人们把你捏成人形的。如果到了八月份，天降大雨，淄水暴涨，你就会被冲坏的。’泥巴人反驳说：‘是呀，我本来就是河西岸的泥巴，冲坏了仍旧回到西岸泥巴堆里去。而你呢，你本是东方的桃梗，

名师指津

一代纵横家苏秦以一种巧妙的论证方式来劝诫孟尝君放弃去秦国的打算。以小见大，观点鲜明。

是人们把你雕成人形的。如果下大雨，淄水猛涨，把你直冲而下，你将漂流到什么地方去呢？’现在，秦国四边都是险要的关口，像虎口一样，你到了秦国，那很难说你能不能回来了。”

孟尝君听了这一番话，就取消了去秦国的打算。

聪明的老奶奶

有位老奶奶，和一个邻居的年轻小媳妇关系很好。有一次，小媳妇家里丢了一块肉，她的婆婆疑心是小媳妇偷吃的，要把小媳妇赶回娘家去。这小媳妇就来向老奶奶诉苦。老奶奶劝小媳妇不要回娘家，说：“我有法子叫你婆婆挽留你。”

说了，便拿了一束引火的柴草，到小媳妇家里去了。

老奶奶见了小媳妇的婆婆，没提小媳妇的事情，只是说：“真糟糕，家里的两只狗，为了争一块肉，一直闹个不停。向你讨一根棍棒，我要好好地把两只狗治一治。”

那婆婆听了这话，立刻觉得自己做错了，便不再赶媳妇回家了。

要说服别人，应该选择最适合的方法，不一定要讲大道理。

名师指津

当需要解释一件事的时候，说话的方式是极为重要，文中小媳妇面对误解只会哭泣，而这种误解却被老奶奶的一句话巧妙地解决了，足见语言的魅力有多大啊。

田单攻狄

田单准备攻打北方的少数民族狄。出发前，他去见鲁仲子。

仲子对他说：“将军这次攻打狄，一定攻不下。”

田单说："当年我在即墨时，仅有五里内城，七里长的外城，地方很小，军队也尽是一些残兵败将，却打败了拥有千军万马的燕国，收复了齐国的失地。现在攻打的是小小的狄，怎么会攻不下呢？"他上车不辞而别，便去攻打狄人。谁知打了三个月也没有攻下来。

齐国的小孩唱着童谣说："帽子又高又大像簸箕，长剑撑着面颊垂头丧气，攻狄指挥不力，军营下枯骨成山。"

田单听了这首童谣，心里非常害怕，便再次跑去请教鲁仲子，说："先生，你说我攻不下狄，现在果然如此，请告诉我，这是什么道理？"

鲁仲子回答说："将军上次在即墨打仗，同士兵打成一片。坐下来和士兵一块儿打草鞋，编草筐；站起来同士兵一起拿锄持锹劳动，关心体贴他们。还常常对士兵说：'往哪里去呢？国家没有了，家破人亡了，还有什么家乡可归呢！'那时候，将军你只有誓死奋战之心，士兵也没有贪生怕死的念头，大家听了你的话，没有哪一个不挥泪振臂要求作战的。所以才打败了燕国。如今情况不同了，将军你东边有封地夜邑，西边有你打猎用的林圃，腰带里系满了黄金，并且可以自由自在地在淄水、渑水一带驰骋。现在你有纵情享乐之意，却无浴血奋战之心，所以不能打败狄呵！"

田单听了说："我的心思，确实像先生分析的那样。"

第二天，田单激励士气，检阅攻城的部队，冒着生命危险，站在飞箭、流石交错的地方，拿起鼓槌擂鼓，指挥作战，果然一举击败了狄人。

名师释疑

簸箕（bò ji）：用竹篾或柳条编成的器具，三面有边沿，一面敞口，用来簸粮食等。也有用铁皮、塑料制成的，多用来清除垃圾。

林圃（pǔ）：林木园地。

驼背老人捕蝉

有一次，孔子去楚国的途中，路过一片树林，看见一个驼背老人正在用竹竿子粘蝉。老人手疾眼快，十拿九稳，粘蝉就像在地上捡东西那样容易。

孔子看得津津有味，忍不住问道:“老人家，您真灵巧啊！您捕蝉有什么诀窍吗？”

老人回答说：“当然有诀窍啦！这诀窍就是勤学苦练。我经常练习在竹竿上累叠粘丸。如果能累叠两个而不掉下来，捕蝉时就很少能让它逃掉；如果累叠三个不掉下来，捕蝉时十只最多跑掉一只；要是能累叠到五个都不掉下来，捕蝉时就像在地上捡东西那样容易了。捕蝉时，还要专心致志。我屏住气息，站稳脚跟，不动不摇，身子就像竖立的树桩；我手臂拿着竿子,就像枯树枝一样。蝉根本不知道危险正在接近。天地虽大，万物虽多，我心中只有蝉翼，从不东张西望，五光十色的万物改变不了我对蝉翼的注意力，这怎能捉不到蝉呢？”

孔子听了，回头对他的学生们说:“弟子们，你们听到了吧，做事不分心，思想高度集中，才能出神入化。这就是驼背老人捕蝉绝技给我们的启示啊！”

名师指津

驼背老人粘蝉十拿九稳，需要灵巧的技术和勤奋的练习，更需要专心如一的态度。它同样适用在我们今天的学习和工作上，做事专一，不要让思想开小差，而且不达目的，决不言弃。

天下无马

可以日行千里的马，每顿要吃一石多粮食，比普通马都要多吃许多。可是无奈养马的人不知道它日行千里需要吃那么多的粮食，因此总也不能让它吃饱。

这种马，虽然具有日行千里的能力，强于普通马数倍，但终日吃不饱，力气不足，它的才能自然无法表现出来，有时候甚至连一匹普通的马也比不上，哪还能要求它可以做到日行千里呢？而且赶它奔驰，又很不得法，使之不能尽其所能；每日喂它，又不让它尽量吃饱，使之不能蓄其体力；吆喝它，又不懂它的癖性，使之不能依其所好。

最终养马的人还会拿起马鞭走到马前说："世界上没有好马！"呜呼！难道是真的没有好马吗？良驹饲不得法，使之不得不流于平庸，实际上是他不识好马啊！

想要良马一日奔驰千里，必须让它吃饱、喝足、掌握它的习性、用合适的驾驭方法，这是不可或缺的外在条件。同样的道理，要想发挥人才的作用，必须给其必要的施展空间，尊重人才，呵护人才。

乌鸦与蜀鸡

豚泽的一个人精心喂养了一群蜀地产的鸡。这些鸡整日在院子里欢快地跑来跑去。它们长得非常漂亮、可爱，身上有彩色的花纹，颈上长着红色的鸡毛，在金色的阳光下煞是好看。小鸡在母鸡身旁还时不时地拍打着自己的小翅膀叽叽喳喳地叫个不停。忽然，在它们嬉戏时，发现头顶有掠过一

片阴影，有一只庞大而凶猛的鹞鹰正从它们上空飞过，情急之下，母鸡连忙用自己的一对翅膀遮住小鸡，鹞鹰未能抓住小鸡。

鹞鹰无奈地飞走之后，过了一会儿，有只不起眼的乌鸦飞来，混在鸡群之中和小鸡一起啄食。母鸡把这只乌鸦看作是亲兄弟一般，根本并没有提防它，并且和它一道跳上跳下，相互之间处得很是融洽。这只乌鸦趁母鸡不备叼起一只小鸡就飞向了天空。疏忽大意的母鸡待发现后抬头仰望，非常痛心，可也无能为力，悔恨自己被乌鸦老实的外表轻而易举地欺骗了。

名师释疑

鹞（yào）鹰：一种凶猛的鸟，样子像鹰，比鹰小，捕食小鸟，通常称“鹞鹰”“鹞子”。

名师指津

蜀鸡可防鹞鹰却轻信了乌鸦，致使自己的孩子被逮走。在现实生活中，我们做事要谨慎，如果掉以轻心，往往会引起祸端；另外，交友同样要谨慎。

王积薪听棋

王积薪是唐代著名的围棋高手，当初他花了十年的时间闭门研究棋艺。乡邻都不是他的对手，他打算往京城长安去找高手对弈，如果能战胜长安的棋手，那他就是围棋国手了。

这天，他借宿到一家客店，吃了点东西，泡了泡脚正准备上床休息，就听到店主老妇人招呼他的儿媳。

老妇人说：“夜这么长一时睡不着，咱们下盘棋吧？”只听隔壁一位少妇说：“好的。”“我在这道上搁子了。”老妇说。

“媳妇在这道搁子了。”少妇说。

这样一连走了好几十步。

最后，老妇人说：“你输了！”

“呀！媳妇认输！”

王积薪把婆媳俩下的着数暗暗记在心中。第二天早晨，他拿出棋盘按着数一下，婆媳俩用的路数，竟是自己所想不到的。

从此，王积薪再也不敢夸口了，他立即打消了去长安比棋的念头，回到家中重新刻苦钻研棋艺，后来，他终于成了一代围棋名家。

名师指津

“三人行必有我师焉”，我们应该向王积薪那样随时注意学习他人的长处，选择他们的优点加以学习，看到他们的缺点再审查自己，有利于自我对照检查改正和提高。

相马

伯乐教两个徒弟辨认爱踢人的马。这两个徒弟便一块儿到赵简子的马棚里去实地观察。一个人指出一匹爱踢人的马。

另一个人便到这匹马后面去抚摸马屁股，摸来摸去它却不踢人。

前一个人便以为自己看错了。

另一个人说：“不是你相错了，这确实是一匹会踢人的马，只不过它肩膀扭伤，前腿膝盖有些肿。凡是喜欢踢人的马，当它举起后腿要踢时，全身重量就落到了前腿上，这匹马前膝肿胀支撑不了全身的重量，所以它的后腿就不能抬起来踢人了。你很善于识别爱踢人的马，却没有看出前膝肿胀对后腿的影响。”

看问题要全面，要仔细，否则，做出正确的判断是不容易的。

小马过河

马棚里住着一匹老马和一匹小马。小马整天跟着老马，从未离开一步。

有一天，老马对小马说：“你已经长大了，应该做点儿事了。”

小马高兴地说：“你说吧，我很愿意做。”

“好哇，你将这半口袋麦子驮到磨坊去吧。”老马说。

小马驮起口袋，飞快地往磨坊跑去。跑着跑着，一条小河挡住了去路，河水哗哗地流。

小马为难了，心里想：“能不能过去呢？如果妈妈在身边，问问她该怎么办，那多好哇！”它向四周望望，哪里有妈妈的影子！只有一头老牛在河边吃草。小马“嗒嗒”地向老牛跑去，问道：“牛伯伯，请您告诉我，这条河，我能过去吗？”

“水很浅，刚齐小腿，能蹚过去的。”老牛说。

小马听了老牛的话，立刻往河边跑，准备过河去。突然一只松鼠跳到它跟前，大叫道：“小马，别过河，别过河，河水会淹死你的！”

“水很深吗？”小马吃惊地问。

“当然，昨天，我的一个伙伴就是掉在这条河里淹死的呀！”松鼠认真地说。

小马忙收住脚步，不知道怎样做才好。“唉！还是回家问问妈妈吧。”小马甩甩尾巴，走回家去。

“怎么回来啦？”妈妈问。

“河水很深，”小马难为情地说，“过……过不去……”

“那条河不是很浅吗？”妈妈说。

“是呀！牛伯伯也这么说。可是松鼠说河水很深，淹死过它的伙伴呢。”

"那么到底是深还是浅呢？你仔细想过它们的话吗？"

"没……没想过。"小马低下了头。

"哦，孩子，光听别人说，自己不动脑筋，不去试试，是不行的。"妈妈亲切地对小马说，"你仔细想一想，就会明白了。牛那样高大，它看水当然很浅。松鼠那样矮小，一点儿水就能把它淹死，它当然说水深了。"

仁者见仁，智者见智。对于同一个问题，接纳他人建议的同时，要懂得结合自己的实际情况，并且一定要自己亲身尝试和体验，这样才会有自己的准确答案。生活中，我们需要多观察、多思考、多动手。

小马听了妈妈的话，恍然大悟，转身便往河边跑去。

到了河边，小马刚刚抬起前蹄，松鼠又大叫道："怎么你不要命啦？"

"让我试试吧。"小马一面回答，一面下河，小心地了过去。原来河水不像老牛说的那么浅，也不像松鼠说的那样深。

眼睛看不见睫毛

名师指津

只看别人的缺点很容易，而看自己的缺点却很难。这种看待问题的态度和思维方式是危险的。在日常生活中，我们一定要防止这种"眼不见睫"的错误啊！

楚庄王准备出兵去攻打越国。庄子问他："你为什么去攻打越国呢？"

楚王回答说："越国的政治太腐败了，而且兵力也不足，我会一举攻破它的。"

庄子说："照我的看法，一个人的聪明智慧也和人的眼睛一样，眼睛能够看见百步以外的东西，却看不见自己的睫毛。大王，请你自己想想，你的兵力到底比越国强多少呢？"

"你以前出兵和秦国、晋国打仗，不但打败了，还丢了几百里土地，这不是兵力弱的缘故吗？庄跻是个大强盗，他在国内横行霸道，没有王法，而你的官吏，总是装聋作哑，不

去制止他的不法行为，这不是政治腐败的缘故吗？楚国政治的腐败，兵力的薄弱，比越国还要厉害些，你现在却要去打越国，还不是跟眼睛看不见自己的眼睫毛一样的道理吗？"

楚庄王听了他的话，认为很有道理，就决定不去打越国了。

杨朱见梁王

杨朱谒见梁王，说治理天下并不难，对我来说就像在手掌上玩弄东西一样。梁王说："先生只有一妻一妾还管不了，仅仅三亩地的园子还不能除掉杂草，而说什么治理天下就像在手掌上玩弄东西一样，这是什么道理呢？"

杨朱回答说："大王见过放羊的吗？百羊成群，让一个牧童拿着鞭子去赶羊，要它们往东，它们就往东；要它们往西，它们就往西。要是让尧在前面牵一只羊，舜拿着鞭子跟在后面，羊就不肯往前走了。我还听说，能够吞掉船的大鱼是不游小河支流的，高飞的天鹅是不肯停落在臭水塘的。这是为什么呢？是因为它们的目标远大。黄钟、大吕不能伴奏节拍极快的舞蹈，为什么呢？这是因为它们的音节疏朗悠长。将要干大事的人，不屑于干小事；想成就大功业的人，不急于有小的成就，所说的就是这种情况啊！"

名师释疑

谒（yè）见：进见地位和辈分高的人。

疏朗：明晰。

名师指津

治理国家，绝不是一句话那么容易。虽然成大事者不拘小节，但是，任何一件事情都具有正反两面，因此，还要抓住其主要方面及其本质。

晏子使楚

晏子出使楚国，因为身材矮小，楚国人有意嘲弄他，特地在大门旁边开个小门迎接他。晏子拒绝进去，说：“派到狗国的人，从狗洞进去。现在我出使楚国，不应从这个门进去。”迎接的人只好改变主意，带他从大门进去见楚王。

楚王问：“齐国没有人了吗？”晏子回答说：“齐国的都城临淄，是有七千五百多户人家的大都市。人们张开衣袖，能圈成大帷幕；挥挥汗珠能像雨水飞洒。街上行人摩肩接踵，拥挤不堪，怎能说没有人了呢？”

楚王说：“既然这样，为什么要派你来呢？”

晏子回答说：“我国派往各国的使者，都有所侧重；那些有才德的人派往有才德的国家；没才德的人派往没有才德的国家。晏婴我最没有才德，因此被派往楚国。”

名师释疑

摩肩接踵（mó jiān jiē zhǒng）：肩碰着肩，脚碰着脚，形容人很多，很拥挤。

名师指津

晏子虽身材矮小，但他用自己的聪明机智，能言善辩，勇敢，针锋相对反击了楚王的不恭敬，有力捍卫了国家的利益和自己的尊严。对于那些矜骄、自负的人，到头来落得“搬起石头砸自己的脚”。

詹何钓鱼

楚人詹何善于钓鱼。他用单根的茧丝做钓鱼线，用尖细如麦芒的针做鱼钩，用楚国产的细竹做钓鱼竿，用剖开的米粒做钓饵，却能够从万丈深渊和湍急的河中钓出有一辆车那么大的鱼，而且钓鱼的绳不断，鱼钩不直，钓鱼竿也不弯。

楚国的国君听说了詹何的钓鱼本领，深感惊奇，于是把他召来，问他这是什么原因。

詹何说道：“我听我去世的父亲说过，蒲且子射箭，用拉力很小的弓和纤细的绳子，顺应风势射出去，一箭射中两只鹤。这是因为他用心专一，用力均匀。我把他的这种办法，

名师指津

做任何事都要讲究方法，好的方法能起到事半功倍的作用。

用在了钓鱼上，整整练习了五年，才完全掌握了其中的奥妙。当我手拿钓竿坐在河边时，心中什么也不想，只考虑钓鱼；丢线沉钩，手也不一会儿轻一会儿重，外界的任何事物都不能干扰我。鱼儿见了我放下的钓饵，还以为是水中的沉渣与泡沫，就会毫不犹豫地一口吞下。所以能以弱制强，以轻得重。”

朝三暮四

宋国有个养猴子的老人，他非常喜爱猴子，养的猴子有一大群。和猴子相处时间长了，他就可以同猴子互相进行交流，能够理解猴子的意思，猴子也得到养猴老人的欢心。老人一家省吃俭用，去满足猴子的要求。

不久，老人家里的口粮连供自己吃都不富余了，他就准备限定猴子的食物。他怕猴子不服从自己，便先骗猴子说：“从今天起，每天早晨给你们三颗桃子，晚上四颗，够了吗？”猴子听了嫌少，都站立起来，表现出很愤怒的样子。

不一会儿，养猴老人又说：“那么，每天早晨吃四颗桃子，晚上吃三颗，够了吗？”猴子听了后，都伏在地上，手舞足蹈，很开心。

名师指津

看问题不要只停留在表面，或被表面现象所迷惑，应该看到其本质。

赵襄王学驾车

赵襄王向王子期学驾车，学习了没多长时间就和王子期比赛。赵襄王换了三次马，三次都落后了。

赵襄王责怪王子期说："先生教我驾车，却没有把真本事全部教给我。"

王子期回答说："方法全都教给您了，是您用的方法有误。大凡驾车最要紧的是马套在车辕里要松紧适当，人的心意要与马的动作协调，这样才可以加快速度，跑得更远。现在您落后时就一心想追上我，领先时又唯恐被我追上。其实驾车赛跑，总是不是跑在前面就是落在后面。而您不管跑在前面还是落在后面，总是一心想着得第一，怎么还有心思去驾驭指挥马呢？这就是您为什么会落后的原因了。"

名师指津

赵襄王的这种急于求胜的做法，是不可取的。生活、学习、工作都需要保持一颗平常心。

侏儒梦灶

春秋时期，卫灵公非常宠幸弥子瑕，对他的谏言全部采纳。弥子瑕大权独揽，非常骄横，国人都是敢怒不敢言。

一个侏儒就去拜见卫灵公，对卫灵公说："我的梦应验了啊！"

卫灵公问道："什么梦啊？"

侏儒说："我梦见了灶台，今天我就见到国君了。"

卫灵公一听，勃然大怒，说："我听说见国君的会梦见太阳，

名师释疑

谏言：通常用来指下级对上级的规劝与建议。古时常用于君臣之间。

为什么你要见我却梦见灶呢？”

侏儒说：“太阳普照天下，什么东西都遮不住它的光芒；国君光照全国，任何人也不能把它蒙蔽。所以说，将要见到国君就梦见太阳。而灶呢？一个人站在灶门口取暖，站在后面的人就看不见光亮。现在，您的身边也许有一个人遮住了您的光辉，使您看不见别人，别人也看不见您吧？那么，我梦见灶，又有什么不可以呢？”

名师指津

侏儒借梦讲事理，讽谏国君应该广开言路，多了解各方面情况。而不应该偏听偏信，否则，会遭受蒙蔽误国殃民。学习也是同样的道理，既要有自己的观点，又要学会倾听别人的良好建议。

名师赏析

寓言故事是古人的智慧，我们可以通过阅读，将古人的智慧融入自身的血液中，成为自己成功之路上的良训。《熟能生巧》《庖丁解牛》《裁缝制衣》《鲁班刻凤》《匠人之技》中均属于百工的智慧；《东郭先生与狼》《猴的本性》中蕴含了辨识事物的智慧；《蜈蚣嗜取》中蕴含了人生舍取的大智慧。智慧并不是纯粹的知识，它是一种心灵素质和运筹能力。因此，高超的智慧需要我们涤净心灵的尘垢，了解和通达那些未知的有趣的世界。

学习借鉴

好词

自不量力　贪得无厌　执迷不悟　翻天覆地　数不胜数

脱颖而出　千军万马　浴血奋战　勤学苦练　叽叽喳喳

好句

*少年中举的人，他的性情骄傲，胸脯必然挺得很高，衣服需要裁得前面长后面短；老年中举的人，他的性情懒散，脊背稍有弯曲，衣服需要裁得前面短后面长；肥胖的人腰宽，体瘦的人身窄；性情急躁的人宜穿短衣服，性情和缓的人宜穿长衣服。

*旧的创伤未好，惊心未定，听见了弓弦的响声，慌忙振翅欲高飞。

思考与练习

1. 你身边有没有一位你比较敬佩的手工艺者？你从他身上学到了什么品质？

2. 请查阅资料，找出《晏子使楚》这一篇文言文，并在老师的帮助下试着将它翻译成现代文。

DI SAN zhang

第三章　世相百态

名师导读

人的姿态是人身体呈现的样子，也延伸为人做事情的态度。世界上的人，尽显各种姿态，或贪财、或重名、或狭隘、或随性，本章所涉及的寓言故事为读者描绘的就是世相百态，以讽喻为主，是讽喻，更是警醒。

爱钱的人

永州之地的人都会游泳。一天，永州河水暴涨，其水势凶猛，这时，河面上有五六个人乘小船横渡河水。只见船驶到河中间，顷刻之间便被水浪击翻，他们纷纷下船游泳。但其中一人就算竭尽全力也在水中寸步难行。

同伴们见状都奇怪地回过头来问他："平时你最善游泳，水性也是最好的，现在怎么却独自落在后面了呢？"

他叹了口气，回答道："没办法啊！我腰上缠着一千枚铜钱，非常沉重，所以就落在后面了。"

同伴们又不解地问道："你为什么不扔掉它呢？"这次他并没有回答，只是摇了摇头。过了一会儿，不堪重负的他显得更加疲惫不堪了。

这时，已经游上岸的同伴们大声向他喊道："你太愚蠢了！真是钱迷心窍了！命都保不住了，还要钱干什么？"可这个人还是只摇了摇自己的头，坚持负钱前行，这个人最终还是被水淹死了。

故事中的人因贪财而丢掉了性命，因小失大。在现实生活中，不要只看到眼前利益，要树立正确的金钱观，更要考虑长远。

烦恼的人

沈屯子与朋友一道上街去，听大街上说书人正说道："杨文广被敌军围困在柳州城中，城内缺乏钱粮，城外援兵又被

阻截。”沈屯子听后忧愁不安，长叹不止。

回到家中，他仍然放不下心来，日夜挂念着这件事，口中不时地念叨说：“文广被围困得这样厉害，怎么能解围呢？”

家人劝他到郊外散散步，不要为此事烦恼。他出门后在路上看见一个人扛着竹子进城，不禁又挂念起来，担心地说道：“竹梢很尖利，路上的行人一定会有被戳伤的。”回到家里后便郁郁不乐，遂生病。

家人为他请了大夫，还是不见好转，最后想不出什么好的办法，就请来了一个巫婆。巫婆对沈屯子说：“我查了阴曹地府的名册，你来世要转生为女人，所嫁的丈夫姓麻哈，是彝族，相貌非常丑陋。”沈屯子听了以后，越发忧愁，病情更严重了。

亲戚朋友们来看望他，安慰他说：“只要放宽心，病就会好的。”

沈屯子说：“若想让我放宽心，必须等杨文广突了围，背竹子的人回了家，而且麻哈写出休书交给我，这才能办得到。”

世上那些用无穷的烦恼来伤害自己的人，就像沈屯子一样啊！

名师指津

天下本无事，庸人自扰之。自寻烦恼，不知去发现生活中的美好，这是多么的愚蠢啊！我们要善于用平常心去面对生活中的一切。

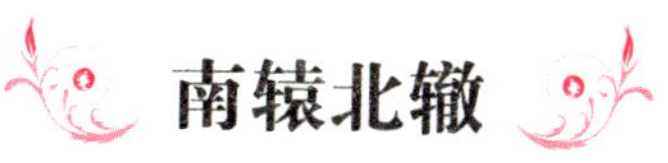

南辕北辙

从前，有一个北方人，要到南方的楚国去。楚国明明是在中原的南方，可是这个人却驾着车朝北方走。

路上有人告诉他：“你走错了，到楚国去，要朝南走。你为什么向北走呢？”

这个北方人回答说：“不要紧，我有一匹好马，它跑得好快啊！”

“不管你的马多好多快，可是朝北走，总是到不了楚国的！”

北方人说：“不要紧，我还有很多的旅费哩！”

“旅费多也不济事，朝北走，无论如何是到不了楚国的！”

“不要紧，我还有一个赶车本领很大的马夫。”

北方人不听人劝告还是继续往北走去。

故事中的行动与目的相反，不管再怎么努力，离目的只会越来越远。无论做什么事，都要首先看准方向，才能充分发挥自己的有利条件；如果方向错了，那么有利条件只会起到相反的作用。

公孙仪嗜鱼

公孙仪是鲁国的宰相，他非常喜爱吃鱼。不接受别人的馈赠，这是什么道理呢？

对此，公孙仪解释说：“就是因为喜欢吃鱼，所以才不接受别人送来的鱼。如果收下的话，一定有迁就别人的神色；有迁就别人的神色，将会歪曲王法；歪曲王法，就会被免去宰相的官职。这样一来，他们一定不会长久供给我鱼，而我又不能自给鱼。若不接受别人送的鱼就不会被免去宰相的职务，这样就能长久地自己供给自己鱼。”

名师指津

公孙仪嗜鱼但不接受别人送的鱼，充分表明了他能清醒地认识到事业成败与个人品质之间的关系，他始终抵抗住诱惑，而不枉私，清白做人。

叶公好龙

春秋时楚国人沈诸梁，字子高。时任叶县县令，自称“叶

公”，别人都叫他“叶公子高”。

相传，这位叶公十分喜爱龙，他身上佩带的钩剑、凿刀等武器上都装饰有龙纹。家里到处都是龙的图案。梁柱上雕着龙，门窗上镂着龙，墙壁上也画着龙，各种用具上也刻上龙。总之，龙成了他生活不可缺少的一部分，叶公喜爱龙的雅趣也被传扬四方。

上界的天龙听说了人间有这么一位叶公对它如此喜爱，非常感动。因此天龙决定到人间走一遭，当面向叶公致谢。

一天，叶公正在午睡，突然窗外风雨大作，雷声隆隆。暴雨惊醒了叶公，他忙起来关窗户。不料天上的真龙从窗口将头伸了进来，吓得叶公魂飞魄散，夺门而逃。叶公逃进堂屋，又看见一条硕大无比的龙尾巴盘在厅堂的柱子上挡住了去路。叶公面如土色，顿时倒在地上，不省人事了。

龙看到被吓得半死不活的叶公，感到莫名其妙，最后扫兴地飞回了上界。

名师释疑

硕大无比：形容极大，没有什么能比得过。

开怀畅饮：心情无所拘束，十分畅快。

腾高越远

有个叫丁一士的人，身手矫健，勇武有力，又学了腾高越远的本领。两三丈高的地方，可一跃而上；两三丈宽的沟壑，也可以轻松地一跃而过……

有一次，他路过杜林镇时，碰见了一个朋友。朋友邀请他到桥边酒馆去喝酒。开怀畅饮之后，两人步出酒馆，站在河岸上。朋友说：“你能跳过这河吗？”

丁一士随即纵身一跃而过。朋友招呼他再过来，于是他又应声跳了回来。脚刚踏上河岸，没想到岸边的土因他第一次的踏动已快崩塌，靠近水边陡直的地方已裂开了一道缝。丁一士没有看见，正好踏在上面，河岸立刻崩塌了两尺多，丁一士也随之掉进河里，被水流冲了下去。丁一士不会游泳，只是一个劲儿从大浪中往上跳，跳起来数尺高。可是他只能直着往上跳，而不能跳向旁边的河岸，最后仍然落进了水里。这样反复跳了好几次，终于精疲力竭，再也跳不动了，最终还是被淹死了。

名师指津

有所依仗，才会敢于冒险。过分地表现欲望，就是极度的自负，最终伤害的还是自己。所谓聪明反被聪明误。任何时候，要学会估量自己的能力，不做逞能或自负的事。

大凡天下的祸患，大多来自于自己所倚恃的事物。自恃有钱财的人最终因为钱财而败落；自恃有权势的人最终因为权势而败落；自恃机智的人最终因为机智而败落；自恃勇力的人最终因为勇力而败落。这是因为有所倚恃的人，常常敢去冒险的缘故。

高帽子

人们常常将喜欢阿谀奉承别人的行为叫作爱戴高帽子。

相传，古时候有个在朝廷中做官的人，他要到京城以外的地方去做官。在上任之前他去了老师那里告别，老师嘱咐他说：“外地的官不太好当啊，应该谨慎一些。”

这个人说：“请老师您放心，我准备了一百顶高帽子，逢人就送他一顶，这样大概不会与别人处不好了吧！”

老师很不高兴地说：“我们是正直无私、作风正派的人，

何必这样做呢？”

这人说：“世上像老师这样不喜欢戴高帽子的人，能有几个呢？”

老师听后心里美滋滋的，便情不自禁地点头道：“你说的不是没有道理啊！”

这人刚跨出老师家的大门，便对人说：“我一百顶高帽子已送了一顶给老师，现在只剩下九十九顶了。”

名师指津

赞美的话，每一个人都爱听。赞美是一种艺术，把握好分寸，在不同的场合，对不同的对象，说不同的话，这是精明的为人处事之道。

杯弓蛇影

一年夏天，县令应郴设宴招待主簿杜宣。酒席设在厅堂里，北墙上悬挂着一张红色的弓。由于光线的折射，酒杯中映入了弓的影子。杜宣看了，以为是一条蛇在酒杯中蠕动，顿时冷汗涔涔。但县令是他的上司，又是特地请他来饮酒的，他不敢不饮，因此硬着头皮饮下几口。仆人再斟酒时，他借故推却，起身便告辞了。

名师释疑

涔（cén）涔：形容泪、血、汗等液体不断流出或渗出。

回到家后，杜宣起了疑心，认为饮下的酒中有蛇，又感到随酒入口的蛇在腹中蠕动，顿时觉得胸腹疼痛异常，难以忍受，吃饭、喝水都非常困难。

家人赶紧请大夫前来诊治。他服下药后，病情还未见好转。

过了几天，应郴有事到杜宣家中，问他是如何闹病的。杜宣便讲了那在饮酒时酒杯中有蛇的事。应郴安慰了他几句，就回家了。他坐在厅堂里反复回忆和思考，也弄不明白杜宣的酒杯里怎么会有蛇。

突然，北墙上的那张红色的弓引起了他的注意。他立即坐在那天杜宣坐的位置上，取来一杯酒，也放在了原来的位置上。结果发现，酒杯中有弓的影子，不仔细看，确实像是一条蛇在蠕动。应郴马上命人用马车把杜宣接来，让他坐在原来的位置上，仔细观看酒杯里的影子，并说："你说的杯中的蛇，我现在也看到了，不过是墙上那张弓的倒影罢了，没有其他的什么怪东西，现在你可以放心了！"

杜宣弄清事实真相后，疑虑随即消失，病很快就好了。

没有弄清楚事实的真相，就疑神疑鬼，让自己受到惊吓。在现实生活中，不管遇到什么事情，我们都要学会冷静对待，弄清事情原委，然后再作出明确的判断，不给自己凭空增添不必要的麻烦。

狐假虎威

在茂密的大森林中，有一只老虎正在寻找食物。突然，一只狐狸从老虎身边窜过，老虎猛地扑了上去，将它抓住了。

狡猾的狐狸心里十分惊慌，可它眼珠一转，想出了个花招，故作镇静地对老虎说："你不敢吃我！"

"为什么？"老虎问。

"我是天帝派下来管理百兽的。吃了我，就是违抗天帝的命令，这是大逆不道。"

名师释疑

大逆不道：封建统治者对反抗封建统治、背叛封建礼教的人所加的重大罪名，现泛指叛逆而不合于正道。

老虎呆了，心想：狐狸奉天帝之命来管理百兽，是真的吗？正当老虎半信半疑的时候，狐狸煞有介事地说："假如你认为我说的不是真话，我可以带着你到百兽面前走一圈。我在前面走，你跟在后面，看它们是不是怕我。"

狐狸与老虎一前一后地朝密林中走去。森林里各种各样大大小小的野兽，如小鹿啦，羚羊啦，兔子啦，看见狐狸和

老虎走过来，都吓得四处逃窜。

就这样，狐狸借着老虎的威风，在百兽面前逞了一次能。老虎并不知道这些野兽是怕自己才逃跑的，还以为真是怕狐狸呢！

名师指津

狡猾的狐狸凭借自己的聪明逃脱了虎口，但是，它的手段不能让它改变其虚弱的本质。尽管能够借助老虎的力量嚣张一时，但最终事实会败露。这也讽刺了那些借助别人的势力而作威作福的人。

邯郸学步

相传在两千年前，燕国寿陵一带有一个少年，家境富裕，相貌不俗，但就是极度缺乏自信，经常无缘无故地感到事事不如人，低人一等。他总是觉得衣服是人家的好，饭菜是人家的香，站相坐相也是人家高雅。他见什么就学什么，虽然花样多有翻新，但却始终不能做好一件事。

家人劝他改一改这个毛病，他认为这是家里人管得太多。亲戚、邻居们的劝导，他也根本听不进去。时间一长，他竟怀疑自己该不该这样走路，越看越觉得自己走路的姿势太笨、太丑了。

一天，他在路上碰到几个人说说笑笑，只听得有人说邯郸人走路姿势很美。他一听，急忙走上前去想打听个明白。不料想，那几个人看见他，一阵大笑之后扬长而去。

名师释疑

扬长而去：大模大样地离开。

邯郸人走路的姿势究竟怎样美呢？他怎么也想象不出来，这成了他的心病。终于有一天，他瞒着家人，跑到遥远的邯郸学走路去了。

到了邯郸之后，他感到处处新鲜，简直令人眼花缭乱。看到小孩走路，他觉得活泼、美，学；看见老人走路，他觉

名师指津

讽刺了那些对任何事物不加思考，只会一味模仿的人。我们应当以此为鉴。

得稳重，学；看到妇女走路，摇摆多姿，学。就这样，不过半月光景，盘缠用尽，可他连怎样走路也不会了，只好爬着回去了。

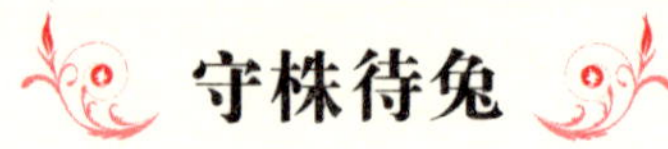

守株待兔

相传，古时候宋国有个农夫。有一天，他正在田间锄草。突然，一只兔子从草丛里窜出来，也不知受到了什么惊吓，不顾一切地拼命奔跑，最后，一不小心，撞在了一棵树桩上，当即撞断了颈骨，死在树下。

农夫看见后，丢下锄头，兴冲冲地拾起兔子。当天晚上他全家都吃到了香喷喷的兔肉，最后还得到一张上好的兔皮，农夫开心极了。

这次意外的收获让这个农夫陷入遐想之中：我辛苦劳累地在田里耕作半年，却没有捡一只兔子所得到的多。如果我每天都去那儿守着，白捡一只兔子，或吃或卖，足够养家糊口过日子了，而且还不用那么辛苦地劳作。

名师释疑

养家糊口：指勉强养活家人，不饿肚子。

从此以后，农夫再也不干活了。他丢掉了农具，放弃了繁重的农活，整天坐在那棵大树桩上等着，希望可以不费吹灰之力，再次捡到撞死的兔子。

可是，日复一复，月复一月，却没有一只兔子撞死在树上。农夫的田地里却长满了杂草，他的庄稼荒芜了，秋后收获的粮食少得不够一家人吃的。农夫后悔地说："我真不该守株待兔啊！荒芜了庄稼，害得全家人挨饿。"

可是，现在一切都晚了。

名师指津

一切无畏的幻想得来的只会是泡影。因此，我们在树立目标的时候，一定要从实际出发，然后为之努力，终会成功。如果只是抱着幻想，那么到最后只会空余叹息。

画蛇添足

相传，古时候有一个楚国人，祭过了祖宗，便将一壶祭祀酒，留给所有的办事人员喝。

办事人员很多，仅仅一壶酒，到底给谁喝呢？他用了半天时间也没决定下来。有人提议：每个人在地上各画一条蛇，谁画得快，就把这壶酒给谁。

大家都认为这是个好办法。

有一个人画得很快，不一会儿就把蛇画好了，这壶酒就归他所得。这时，他回头看看别人都还没有画好，便用左手拿着酒壶，右手拿着一个树枝，得意扬扬地说：

“你们画得好慢啊，那我再画上几只蛇脚吧！”

他在画蛇脚的时候，另一个人已经把蛇画好了。那人画好蛇，就把酒壶夺了过去，厉声说道：

“蛇是没有脚的，你怎么添上了脚？第一个画好蛇的是我，不是你！”

那人说罢，就心安理得地喝起酒来。

名师指津

在现实生活中，做任何事情都要实事求是，不要卖弄自己的小聪明。否则非但不能把事情做好，反而会把事情弄得更糟糕，甚至还会因此失去一些本该拥有的东西。

狂妄的河豚

一条河豚在河中终日游来游去，十分安闲自在。一天，它游到桥下，一不留神撞在了桥墩上，可并没有马上远远地躲开，反而因坚实的桥墩撞了自己而大怒。于是它愤然张开两鳃，竖起两鳍，气得肚子鼓鼓的，浮在水面上久久不动，始终记恨着桥墩。

这时，天空中恰好飞来了一只老鹰，十分娴熟地用爪子捉住它，然后迅速撕开它的肚子，享用了一顿美餐。

河豚喜欢游水而不知停止，误撞在了桥墩上。它非但意识不到这是自己的错误，反而狂妄放肆，浮在水面上大生闷气，久久不能释怀，结果被老鹰吃掉，实在太可悲了。

名师指津

碰到不开心的时候，更要态度冷静，心胸开阔。认真分析是什么原因造成的，并从中总结和汲取教训。如果一味怨天尤人，事情就会变得更加糟糕。

不肯停落的海鸥

靠近海边的村子里，有一个喜爱海鸥的人。他每天摇着小船，在海面上寻找海鸥。看到海鸥停在哪里，他的船也就跟着摇到哪里，去跟海鸥们一同游玩。日子一久，那些海鸥都跟他成了好朋友，不但不怕他，反而还成群结队地飞到他的船边来，在小船的四周游来游去。

有一天，他像往常一样出门到海上去，他的父亲吩咐他说："听说你天天和海鸥一起游玩，那些海鸥都和你混熟了，一点不怕你。你今天出去，捉一只回来给我。"

他对父亲说："这还不是一件容易的事吗？"

于是，他就摇着小船到海面上去了。

可是，那些海鸥一见他有些不怀好意，只是一团团地在他的头顶回旋飞舞，再也不肯停落在他的船边了。

朋友之间，彼此信任，真诚相见。如果虚心假意，玩弄两面手法，伤害对方的感情，那么阴谋自然会被揭穿，友谊也不会长久存在。

涸辙之鲋

庄周因为家里很穷，于是就到监河侯家里去借粮食。监河侯说："可以，我就要收租税了，到那个时候，我借给你三百两黄金，可以吗？"

庄周气得脸色都变了，说道："我昨天来的时候，半路上听见有呼救的声音，我回头一看，原来在车辙中有一条鲫鱼。我问它：'鲫鱼呀，你在喊什么呀？'它回答说：'我是为东海龙王劈波斩浪的臣子啊。你能用一升半斗的水来救救我这条命吗？'我说：'行，我正要到东南去，游说吴越的君王，让他们引西江的水迎接你回去，好吗？'鲫鱼气得变了脸色说：'我失去了正常的生活环境，现在已无处藏身。我只求你给我一升半斗水就可活命，可你竟说出这样的话来了，还不如早点到干鱼铺子里去找我呢！'"

对于生存都不能得到满足的人来说，遥远的慷慨许诺是没有实际意义的。空话虽大，解决不了实际问题，助人要有实际行动。

名师指津

当别人有困难时，就要诚心实意地去帮助，一些空话是没有任何意义的，解决不了任何实际的问题。同时，也告诉我们做事要有实事求是的态度。

打草惊蛇

南唐时，有个叫王鲁的县令，他爱财如命，利用自己手中的大权，敲诈勒索，贪污受贿，大肆搜刮钱财，是当地臭名昭著的贪官。但他这个人阴险狡诈，做事十分毒辣，一般老百姓都不敢把他怎么样。

县衙里的其他官吏也都上行下效，对百姓敲骨吸髓，无恶不作。全县百姓对他们恨之入骨。

一日，县衙主簿指使几个衙役，满街乱串，征收苛捐杂税。当时，正是青黄不接的春季，百姓们连锅都揭不开了，哪还有钱交税？老百姓忍无可忍，就写了一份状子，向县令王鲁状告他的主簿贪污受贿的罪行。

王鲁击鼓升堂，让衙役接下状子，递了上来，并说："本官一定为你们做主。"

可是等他打开状子一看，不由得吓出了一身冷汗。因为状子上写的那些违法贪污的事情，几乎没有一件是与他无关的，有些就是他指使属下干的。

于是他又急忙传话说："此案复杂，待我调查核实后再审理。你们先回去吧！"

王鲁预感到大祸临头，急得团团转，心想：此案一调查，自己的马脚就露出来了，好在状子在我手中，绝不能让上司知道。于是他提笔，不由自主地在案卷上批了八个字："汝虽打草，吾已惊蛇。"意思是说：你们虽然告的是我属下的主簿，可我已经感觉到事态的严重了，就像打草的时候，惊动了草地里的蛇一样。

后来，事情败露，上级官员根据这个线索查清了整个案情，把这批贪官污吏都绳之以法，为当地百姓除了祸害。

名师释疑

苛捐杂税：指反动统治下苛刻繁重的捐税。

绳之以法：以法律为准绳，给以制裁或处置。

 鸬鹚与稻草人 

一户人家的家中有一个鱼池，苦于鸬鹚鸟经常偷吃鱼池里的鱼，这个人就扎了个稻草人，并给它披上蓑，戴上笠，手拿竹竿，然后将它竖立在鱼池里吓唬鸬鹚鸟。

一群鸬鹚鸟起初看见稻草人时，来回飞翔不敢立即下来，后来渐渐看明白了，就飞下来啄池鱼了。时间一长，有的就飞到稻草人的斗笠上停在那儿，很安然的样子，一点也不害怕。

那人看见这情景，便悄悄拿走了稻草人，自己披着蓑衣，戴着斗笠，手持竹竿，立在鱼池里。鸬鹚仍下来啄池鱼，照样飞来飞去，甚至停到笠帽上，那人随手抓住了鸬鹚的脚，鸟不能摆脱，就扑腾双翅，发出“假假”的声音。那人便说：“先前是假，现在还假吗？”

名师指津

在现实生活中，我们要做一个有心的人，要多留意观察，不要为假象所蒙蔽。

逞能的猴子

一天，吴王坐船在大江里游乐，经过一座猴山时，吴王下船登山游玩。猴子们见有人来，大都惊慌地逃跑，躲在荆棘丛中，警惕地观望。有一只猴子，却一点也不惊慌，不但不逃，还在吴王面前抓耳挠腮。吴王见状，张弓搭箭，“嗖”的一下，羽箭向猴子飞去。那猴子敏捷地一闪身，一伸手，把飞箭接住了。吴王恼羞成怒，命令左右人一齐射去，那猴子左闪右躲，终于被射中，抱着树死去了。

吴王回过头对他的朋友颜不疑说："这只猴子，夸耀自己灵巧，依仗自己敏捷，对我表示骄傲，以致这样惨死！要警惕啊，不要卖弄你的本领，这样往往没有好结果。"

名师指津

一个人，不管有多大的能力，都不可以骄傲自大。只有谦虚谨慎，才能获得人们的敬重，否则，就会落得像猴子一样的下场。

棘刺尖上雕母猴

燕王征求有特殊技能的人。这时，有一个卫国人来见他，自称能在棘刺尖上雕刻母猴。燕王一听大喜，便让他留在宫中，给他优厚的俸禄供养他。

名师释疑

棘刺（jí cì）：泛指动植物体表的针状物。

有一天，燕王对卫国人说："我想看一看你在棘刺上雕刻的母猴。"

这卫国人说："大王要想看棘刺尖上刻的母猴，必须半年内不进后宫亲近女色，还要不喝酒，不吃肉，在雨停日出、似明似暗的一刹那才能看见它。"

燕王觉得那卫国人提出的要求太难办到了，只好继续供养他，却看不到他雕刻的棘刺尖上的母猴。

郑国有个专为国君干活的铁匠听说了这事，就对燕王说："我是做刀的。我知道雕刻任何微小的东西都必须用刀来雕刻，而且所刻削的东西一定比刀刃要大。如果棘刺尖容纳不了那刀刃，那就不能在棘刺尖上雕刻了。大王可以观看一下卫国人的刀，就能判断他能否在棘刺尖上雕刻了。"

燕王听了，觉得很有道理。就对那卫国人说："你在棘刺尖上雕母猴，用什么来雕刻呀？"

卫人说："用刻刀。"

燕王说："我想看一看你的刻刀。"

卫人见骗不过去了，就假装说："请允许我到住处去取。"于是，这个卫人赶紧逃走了。

名师指津

不管卫国人的谎言编得多么巧妙，最后都是经不起事实的考验的。在现实生活中，我们做任何事情都需要实事求是，不仅要听，还要观察行动，这样我们才能不受蒙骗。

门上虚无一物

有两个人眼睛都视物不清，可是，却都认为自己的视力比对方要好。

一次，村里有个有钱人家第二天要在自家门上挂匾，于是两人听说后便约好次日一起到这家门前去读匾上的字，以此来验证各自的视力。然而，这两个人都暗自担心自己看不见，到时会出洋相，于是就都派人先去那有钱人家打听即将要挂的匾上写了什么字。

次日，这两个人都胸有成竹地来到了有钱人家门前，甲装作十分轻松地用手指着门上说："我看得清楚极了，那匾上大字写的是××××。"乙也装作十分轻松地用手指着门上说："我比你更厉害，那大字旁边的小字写的是××。"甲根本不相信乙竟然能看见小字，便马上请主人出来，十分不服地指着门上问道："刚才我们所说的字对不对？"主人回答说："抱歉，我家的匾还没挂上，现在门上虚无一物，不知你们二位刚才指的是什么？"

名师释疑

胸有成竹：比喻做事之前已有通盘的考虑。

这两个人连几尺宽的匾有没有都看不清，更何以区分上面的字？不求实际，盲目地听别人说什么，自己也跟着说什么，

名师指津

在没有弄清楚事实之前，不切实际地听从别人。告诫我们不要只凭自己的想象去判断事物，而要多观察，多理解，多感受。

这就是他们遭人耻笑的原因啊！

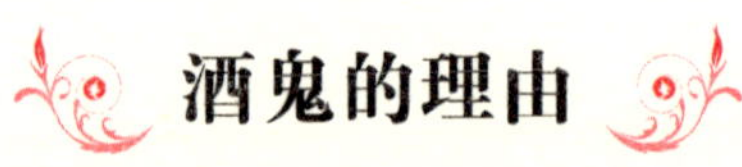

酒鬼的理由

孔群嗜酒如命，整日流连于酒馆之中。他常常因为喝醉把正事都耽误了。

他的朋友王导因此十分为他担忧，就劝告他说：“你为什么要这么迷恋酒呢？酒是不能多喝的！你仔细看看，凡是酒馆里那些盖酒坛口的布，往往过不了多久就会霉烂掉，变成了破布，人常常喝酒，岂不是很不健康吗？”

不料孔群不慌不忙地回答说：“不一定是这样吧？难道你没看见么，那些放在酒糟里的糟肉，就不容易腐烂。”

很明显，一个不愿意承认自己的错误的人，每当别人指出他的不足，他一定会千方百计地找出理由来，替自己的行为辩解！

讽刺了那些为自己不良行为竭力寻找借口而辩护的人。现实生活中，有很多如孔群一样的人，只会为自己的口腹之欲找借口，着实是愚蠢的行为，欺骗的也只能是自己。

锦鸡吐绶

楚国的国君来到云梦泽打猎。老虎、野牛、猴子、鹿、野猪、鸿雁、鱼鹰、仙鹤、黄鹂、天鹅等飞禽走兽，无论谁看见楚王，没有一个不是惊慌逃窜的。会飞的，振翅高翔；善跑的，撒腿远逃；能上天的，躲进了云霄之中；不能上天的，藏进了杂草丛里。

然而，有一只锦鸡，正在往外吐漂亮的绶带炫耀，恰好这时楚王来到了，它先把绶带收起来，才振翅飞蹿。楚王看见锦鸡吐的绶带五彩缤纷，鲜艳透明，非常喜欢。他的左右臣下拉开弓箭，多次想射死锦鸡，楚王都屡次制止了他们。楚王命令掌管山林池泽的官吏说："把它活着捉来。"

官吏捉到了锦鸡后，楚王才让大家各自捕猎。那些飞禽走兽，有的被鹰犬捕获，有的死在弓箭刀枪之下，有的陷于罗网而负伤，唯独锦鸡没有受到伤害。

第二天，楚王对宋玉说："这只锦鸡是靠着它能吐绶才得以生还，又是因为它能吐绶才被圈在笼子中。那么，一个士人在被捕杀和被圈于笼中这二者中会选择哪一个呢？"

宋玉回答说："这只锦鸡虽然有绶，但假如它深藏而不露，昂首振翅，远飞于高空，大王您怎么能看到它呢？那位官吏又怎么能逮住它呢？所以，锦鸡不能逃脱被关在樊笼之中的命运，并不是因为它有绶，而是因为它吐绶炫耀自己造成的啊。"

唉，士人切莫因为一点点才能就自我炫耀啊！

名师指津

锦鸡因吐绶炫耀自己的美丽而被捉，并不关乎它的初衷选择。在现实生活中，我们不能因为自己有一点点才能，而就自夸自大，不分场合地逞能，那样只会使自己陷入悲惨的境地。

商人渡河

济水的南面住着一个商人，在一次渡济水的时候，船被大风打沉了，他不得不栖身于浮草之上大呼救命。

这时，一个渔夫划着小船正朝着这边驶来。船还未到近前，他就急忙喊叫起来："我是济水这一带的大富翁，你若是能救我一命，我就送你一百两黄金作为酬谢。"

当渔夫用船把他送上岸边后，商人却只给了他十两黄金作为酬谢。渔夫说："你刚才许诺的是给我一百两金子作为酬谢啊，现在却只给我十两，您这样做合适吗？"

商人听后勃然大怒，脸色突变，大声呵斥道："你不过是个卑贱的渔夫罢了，一天能有多少收入呢？今天，你轻而易举就挣到了十两黄金，难道还不知道满足吗？"

渔夫大为失望，什么也没说，便无精打采地离开了。后来，这个商人从吕梁乘船顺流而下，船身不幸撞上礁石，再一次翻沉下去。而在此时，仍是上次那个渔夫经过此地，那个商人依然向渔夫呼救，但渔夫并未救他。

后来，有人问渔夫道："你为何不去搭救他呢？"

渔夫回答说："这是一个言而无信的商人，我是不会搭救言而无信的人的！"

最后，这个商人就这样被淹死了。

名师指津

商人在危及生命的关头，重利而轻品质，活活地丢失了性命。所谓无信不立。在现实生活中，我们要做一个诚实守信的人。

楚人与虎

有一个楚国人为深受狐狸的祸害而苦恼。他想了许多办

法来捕捉、诱杀狐狸，都没有捕捉到。

有人告诉他说："老虎是山中最凶猛的野兽，天下的野兽碰见了它，没有不吓得失魂落魄，四肢瘫软，趴在地上一动不动地等着老虎来咬吃的。"这个楚国人受到了他的启发，于是，就请人做了一个老虎的模型，用一张老虎皮蒙在模型的上面，然后把它放置在窗下。这一天，狐狸又窜进了他家里，刚一进来就撞见了这只假老虎，果然吓得大叫一声颓然倒在了地上，乖乖地束手就擒。

又有一天，野猪在他的田里糟蹋庄稼，他又让人把老虎的模型埋伏在深草丛里，让自己的儿子手持着武器在大路上把守着。田里的人大声吆喝，野猪狂奔乱窜，慌忙逃入草莽之中，却撞见了那只假老虎，只得反身奔上大路，结果一下子就被捉住了。这个楚国人得意极了，以为老虎的模型真是百试不爽，可以降服天下所有动物的野兽。

这一天，野外突然跑来了一匹极为像马的野兽，这个楚国人又要搬出他的那个假老虎迎上前去对付。别人劝阻他说："这是狮子啊，就是真老虎也斗不过它，你这样做，必定会酿成灾祸的啊。"

他根本听不进别人善意的劝告，依旧向前跑去。只见这像马的野兽发出了雷鸣般的怒吼声，朝他迎面飞奔而来，最终这个楚人被野兽咬死了。

名师指津

事物各有其特性，如果能从实际情况加以分析，而不是笼统地用同一种方式去面对和解决不同的问题，那么事情必然会朝好的方向发展。

刻舟求剑

战国时期，一个楚国人乘船过江。在船行驶途中，此人身上佩戴的宝剑不慎掉入江中。旁边的人提醒他赶快去打捞宝剑，而这个人却不慌不忙地拿出一把小刀，在船的边缘刻下一个标记，嘴里小声念叨着："不着急，我标记出宝剑掉落的地方，很容易就能找到了。"大家都对他的这种做法诧异至极。

名师指津

人们在面对愚蠢的时候，除了惊异还能做些什么呢，我们也只能以此为鉴，学习科学知识，远离愚蠢。

不久，船停靠在岸边后，这个人跳入水中寻找宝剑。他按照之前留下的标记，找来找去却怎么也找不到，急得满头大汗。

船上的人哈哈大笑，并对他说："宝剑确实是从这里掉下去的，但你忽略了一点，船一直在向前行进，现在早已远离了宝剑掉落的地方，而你却根据船上的标记去寻找，怎么可能找得到呢？"

夔与鳖

夔走出来时，鳖一见到它便忍不住伸着脖子发笑。

名师释疑

夔(kuí)：古代神话传说中一种像龙的独脚的怪兽。

夔对此感到莫名其妙，便好奇地问他："你这么开心是在笑什么呢？"

鳖强忍住笑回答说："我是笑你总是用一只脚跳着走，担心你会一不留神摔倒哩！"

夔严肃地回答说："我用脚跳，难道还不如你整日巅巅跛跛地走吗？况且我用的只是一只脚，而你却不得不用四只脚，并且就算你用四只脚还支撑不住自己的身躯呢！你又凭什么笑我啊！像你这样一直爬着走会因劳累而伤害肝脏，拖着走天长日久又会磨坏肚皮。你整天在地上爬行，一天又能走多远呢？你为什么不多为自己担心而要担心别人呢？"

名师指津

告诫我们，只有正确、客观地看待自己，才可以不断地剖析和完善自己。

失火也要恭敬

子啴子和朋友把椅子靠在一起，围坐在火炉旁。他的朋友倚着几案看书，衣服的下摆不慎拖到了火炉上，烧得很厉害。子啴子从容地站起来，走到朋友面前弓着身子作了揖，然后才说：

"刚才有一件事想奉告，但想到先生您天性急躁，恐怕激怒先生，如果不把这件事奉告您，却又对您不忠。恕我请求，希望您能够宽宏大度，忘掉激怒，然后我才敢奉告。"

朋友说："先生您有什么想说的？我理当恭敬地听从教诲。"

子啴子还是像起初那样恭让，直到恭让了三遍，才开始迟疑不决地说：

"刚才炉火烧着了您下身的衣服。"

朋友站起来一看，火势已经很难控制了，这时，朋友愤

名师指津

不分场合的繁缛礼节，只会使人讨厌。做事需要分清轻重缓急，才可以不误事。

怒地说："为什么不马上告诉我，而这样迟慢呢？！"

子啴子说："人们都说先生您性情急躁，现在看果然不错啊！"

昂贵的鞭子

在市集上有个卖鞭子的人，他称自己的鞭子漂亮无比，其他同行根本无人能及，并声称这鞭子价值五万。倘若人们讲价时还他五十，他就弯腰而笑；还五百，他便开始发小脾气；还五千，他便大发脾气；一定出价五万，不少一分，他才肯出售。

有个阔少爷到街上去买鞭子，他见这个人的鞭子价高，认为不错，就不还价买了回来。他得意地向我夸耀，称自己在市集上有幸觅此良鞭，实属不易。我细看那鞭子的梢头，蜷缩而不舒展；那鞭子的柄，歪斜而不挺直；绕在鞭子上的皮筋，绕来绕去并不相衔接；鞭的节头腐朽墨黑，不见丝毫纹理；随手举起来一甩，这鞭子轻飘飘的好似手中并无一物。

"你为什么要执意买下这根鞭子而不爱惜你的五万钱呢？"我问。

"我爱这根鞭子又黄又有光泽，十分漂亮，而且卖鞭子的人也一再说这鞭子很好。"他回答。

我笑而不语，随后就让人烧水去清洗鞭子，只见那鞭子经水一洗，很快就失去了先前的光泽，呈现出十分惨淡的灰

白色，看上去十分残破。原来鞭子惹人喜爱的黄色是用栀子染成的，而那美丽的光泽则是涂了一层蜡的缘故。阔少爷见状非常生气，然而他又暗想自己既然已经高价将它买下，想必这看上去粗鄙的鞭子还是有它的过人之处的，于是将这鞭子拿去用了三年。

一次，他要到东郊，途中，在长乐坂下与别人的马抢道，只见马匹互相踢打，情况十分危急。他马上用高价买下的鞭子使劲抽打，不料这鞭子瞬间断成了五六节，可马还是厮打不止，将他从马背上狠狠地颠了下来。再看那断成几节的鞭子，原来鞭子的柄部是空洞的，根本就如粪土般没有丝毫可取之处。

名师指津

那些好高骛远的人总觉得自己的才能与社会地位不相称。于是想方设法追求一些不切实际的东西，这种不务实的做法严重败坏了社会风气。因此，我们要树立正确的生活态度。

猫头鹰搬家

猫头鹰竭力向东方飞着，疲乏极了，便停在树林里歇息。一只斑鸠也在那里休息，看见猫头鹰呼哧呼哧地喘着大气，便向猫头鹰问："你这么匆匆忙忙地赶路，上哪儿去呀？"

猫头鹰说："我想搬到东方去住。"

斑鸠追问："为什么？"

猫头鹰说："西边的人，都说我的声音难听，都讨厌我。我在那儿住不下去，非搬家不可了！"

斑鸠说："搬家就能解决问题吗？依我看，不管你搬到哪里去，都不行！"

猫头鹰觉得斑鸠的话太武断，便惊奇地问："你怎么能未

名师指津

猫头鹰一味抱怨环境，而不从自身上找原因，不管它搬到什么地方，都不会受到欢迎的。解决问题还需知道根源所在。

卜先知？”

斑鸠说：“这很明白，如果你不能改变你的声音，东边的人自然也一样会讨厌你的！”

感官的争论

人的眉毛、眼睛、嘴巴、鼻子这四种感觉器官都很重要。

一天，嘴巴不服气地对鼻子说：“你有什么本事，凭什么长在我的上面？”

鼻子得意扬扬地说：“我能分辨香臭，然后你才可以吃得有滋有味的，所以我位居你之上再正常不过了。”

鼻子不服气地对眼睛说：“你有什么能耐，使得你的地位高于我呢？”

眼睛得意扬扬地说：“我能分清善恶，观看大千世界。功劳当然不小，因此理所应当位居你的上面。”

鼻子又说：“假如是这样的话，那么眉毛又有何德何能，也心安理得地处在我上面呢？”眉毛冷冷地说：“我也不知道我凭什么和各位争得这个上位的，我假如身处眼睛和鼻子之下，不知道你这一张脸皮，会放在哪里呢？”

显而易见，这则故事辛辣地讽刺了那些争权夺利的人。告诫人们不能只顾自己的利益而忽视整体的利益。

名师指津

眉毛、眼睛、嘴巴、鼻子是一个整体，缺谁都不可以。在现实生活中，一个团队里，我们不能过分强调自己的能力，而忽视他人的作用。如果一味地拿自己的长处与他人的短处相比较，这种做法只会阻碍自己的发展。

买鸭猎兔

从前，有个人准备去打猎。于是，开始置办打猎所需的东西。他一早就赶到集市上去买猎鹰，但无奈的是他不认识猎鹰。于是，稀里糊涂买了一只鸭子当作猎鹰带出去打猎。

他非常兴奋地来到野外，忽然看见茂密的草丛中蹿出一只兔子，他马上迅速地将鸭子往空中一抛，打算让它去捕捉兔子。可是鸭子根本不会飞，瞬间就从空中跌落了下来。这个人捧起可怜的鸭子又往空中一抛，可鸭子又一次重重地跌落下来。

这样一连抛了三四次之后，鸭子被摔得鼻青脸肿，它挣扎良久之后，忽然跌跌撞撞从地上站了起来，并且对这个人说道：

“你仔细看看，我是鸭子呀！杀了我煮熟了吃，才是我的使命。可是你为什么要让我屡次遭受被抛掷的痛苦呢？”

这个人一脸迷茫地说：“我还以为你是猎鹰，可以用你来追捕灵敏的兔子，谁想到你竟是一只鸭子？”

鸭子举起扁扁的脚蹼给那人看，笑着对他说：“你看我这手脚，难道能够按住兔子，并且捉住它吗？”

名师释疑

跌（diē）跌撞（zhuàng）撞：形容走路不稳。

名师指津

猎人强要鸭子去捕获野兔，这俨然已成了一个大笑话！若只凭借主观意志，而不顾实际情况地去做事，那么将会一事无成。

美丑颠倒

从前有一个叫梁其生的人，他长得异常的丑陋，身躯佝偻、弯曲，举止猥琐、卑贱，还梳着一个十分难看的椎髻。见过他的人就都不喜欢他，甚至还远远地躲着他。可是中山君却十分宠幸他，只要一天不见他，就感到若有所失。

中山君对大夫旃夸赞梁其生说："他大概是个有大智谋的人吧，不然的话，为什么唯独他能使我快乐起来呢？"

大夫旃回答他说："古语说得好，'心里若是真正喜爱，就能把银发看成青丝；心里若是不喜欢，就能把美色看成丑颜'。自古以来就是这样的道理呀。"

中山君问："那到底是为什么呢？"

大夫旃说："君王您可听说过癸北子翏的为人吗？子翏想找个妻子，苦苦寻找了十年也没有找到合他意的，因此他经常闷闷不乐、离群独居。在曲逆这个地方住着一个丑女人，左眼已经瞎了，脸上的麻子多得就像堆在一起的珠子一样，人长得是又黑又瘦，性情又极为凶狠、泼辣，曲逆人没有一个喜欢她的，即使从她的身旁经过，谁也不愿意斜眼看她一下。那个丑女愤怒地离开了曲逆，拜了一个有名的师傅学习击筑和弹箜篌。学满三年，于是精通了这两样乐器的演奏技巧，而且还善于表演《北里》舞蹈。丑女又回到曲逆，癸北子翏一看见她，便格外地高兴，立即准备了丰厚的聘礼把她娶了

名师释疑

筑（zhú）：古弦乐器名。其形似筝，颈细而肩圆，弦下设柱。演奏时，左手按弦的一端，右手执竹尺击弦发音。

箜篌（kōng hóu）：古代拨弦乐器名。

回来，为她取名字为‘玄姬’。子罃早晨听她演奏击筑，晚上欣赏她弹奏的箜篌，对她更是异常地宠爱。他每次出门归来，总是仔仔细细地端详着她的面庞，越看越是觉得玄姬无处不美，无处不可爱。他经常讥笑世上的女人因多长了一只眼睛，而失去了妩媚的姿态。他的朋友宛爱十分怜悯他，于是就给他送去一位赵国的美女。那个女子生得姿容艳丽、光彩照人，人们都认为就连古代的美女闾须、白台都不能同她相媲美。可子罃却把她给撵了出去，说：‘这是什么丑东西啊，敢与我的玄姬并列在一起！’癸北子罃所谓的‘玄姬’，恐怕就是大王您所说的有智谋的人吧？”中山君尴尬地笑了笑说：“大夫你说得过分了！”

坐井观天

从前，有一只青蛙生活在一口废井里面。他没见过井外面的世界，他所看到的，只是井口上方的一角天空。天空的阴晴变化，日行月移尽收眼底，他因此自得其乐。

有一天，一只东海来的鳖经过这口井，看到了井底的青蛙。青蛙呱呱地对鳖说：“你瞧，我自己占据了这么大的一口井，多逍遥自在呀！高兴的时候，可以在井中唱歌;如果累了，可以在井壁突兀的地方休息。”

大海鳖听青蛙讲得头头是道，也很羡慕青蛙，于是就想到井里去瞧瞧。可是，它的左脚还没伸进井里去，右膝已经被井壁卡住了。它在井边从容地停留一阵，已经看清了井里只有浅浅的一汪水，方圆也不过几尺而已。它便退了回来，然后对青蛙说：

“你见过东海吗？千里之远，不足以形容东海的辽阔；万仞之高，不足以穷尽东海的深度。大禹时，十年中九年涝，海水也没有增加一寸；商汤时，八年中七年旱，海岸也没有降下一尺。可以在浩渺无垠的东海自由自在、无拘无束地遨游，那里才有真正的快乐啊！”

名师释疑

浩渺（hào miǎo）：水面辽阔无边。

井底之蛙听了海鳖的话，感到很新鲜，又觉得很惶恐。不过，它不承认自己的孤陋寡闻，说什么也不相信海鳖说的话，它说：“天下怎么可能有这种地方？一定是你编出来骗我的。我天天所见的天，只有井口那么大。”

海鳖摇摇头走了。井底里的青蛙一生也没有从井底跳出来过，它始终只能看见井口上方和井口一样大小的那块天空。

讽喻了那些见识有限、目光短浅，而又盲目自大、不愿接受新鲜事物的人。井底之蛙的故事告诉我们，生活中，我们要不断地学习，提升自己，以期获得更多的机会。

南郭吹竽

齐宣王喜爱听吹竽，又好大排场，所以他那个吹竽的乐队，就有三百人，他常常叫这三百人一齐吹竽给他听。

有个南郭先生本来不会吹竽，看到这个机会，便到齐宣王那里去，请求参加这个乐队。齐宣王给他很高的薪水把他编在吹竽乐队里。

南郭先生原来是不会吹竽的，每次吹竽，就混在大队里，拿着竽装模作样。这样一天天地混过去，也不曾被人发现。

后来齐宣王死了，齐湣王继承王位。齐湣王与齐宣王的

脾性不同，他不喜欢听众人在一起吹竽，他要那些吹竽的人一个个地吹给他听。

南郭先生听到这个消息，担心事情败露，就赶紧偷偷地溜走了。

名师指津

俗话说，真金不怕火炼。真正有本事的人是不会怕检验的。我们要想获得成功，就要勤奋学习，练就一身真本领，才能经得住一切的考验。

夜郎自大

汉武帝时期，在西南边境处有个夜郎国。夜郎地域小，人口少，在地图上根本找不到它。夜郎国的国王名叫竹多同，关于这个名字有个美丽的故事。

二十年前，有个女子在河边洗衣服时突然听到一阵婴儿的哭声。她顺着声音找过去，发现水面上漂浮着三节竹筒。那女子觉得奇怪，就把竹筒捞了起来，并用刀慢慢地剖开。她惊讶地发现，里面竟然躺着一个小男孩儿。男孩儿一双明亮的眼睛望着她，十分活泼可爱。这个女子非常高兴，就把小男孩儿带回家抚养，决定像对待亲生孩子一样爱他。因为男孩儿是从竹筒中捡到的，所以就给小男孩儿起名为“竹多同”。

后来，小男孩儿长大了，学习了很多本领。人们看到他英勇无畏，身世又很离奇，都认为他非常人。于是众人一致推选他做夜郎的国王，竹多同欣然同意。

夜郎国四面群山环绕，交通闭塞，与中原的汉朝素无往来。与夜郎国临近的十几个部族中，夜郎是最大的。因此，竹多同骄傲地认为自己统治的国家是天下最强大、最富有，也是地域最辽阔的。

一次，汉武帝听说西南边境有这么一个夜郎国，便希望与之友好建交，于是派遣使节出访夜郎国。国王竹多同亲自率领众臣热情迎接，在宴会上，竹多同借着酒兴，竟不知天高地厚地问汉朝使者："我的国家与你们汉朝相比，哪一个更大一些呢？"

汉朝使者听了，感到非常可笑，想不到如此小的国家也要与汉朝相比！使者如实地告诉他：

"陛下，恕臣下冒昧。据臣下所知，十个夜郎国加起来，也不如汉朝一个州大呢！"

竹多同听了丝毫不相信使者的话，依旧认为夜郎国是世界上最大的国家。

思想闭塞的人通常是傲慢的，不会轻易相信他人，也不会取之所长。

穿井得一人

春秋时期，宋国有一户姓丁的人家，这户人家因园中无井，因此，只能出去取水来浇地，这样就需要一个人在外面专管担水。

后来，这家人终于在园中打了一口井，他就开心地告诉人家说："我家打了口井，我得到了一个人，真是太好啦！"

有人听说后，就赶紧到处告诉别人说："丁家出了件奇事，打井时挖出了一个人！"

我们在表述一件事物之时，一定要表述清晰，否则可能会酿成难以想象的后果。

都城里的人都在纷纷议论丁家打井得人之事。这话最后传到了宋君耳中，宋君便忙派人去丁家询问，看看到底是怎

么回事。

丁氏知道此事的原委后，无奈地笑着对来人说："我打了口井，等于多得了一个劳力使用，而不是大家所传的从井中挖出一个人啊。"

名师指津

大凡凭耳朵听到的传言都是不可以轻信的。只有通过调查研究，掌握第一手资料，才可以明确事实是什么样的。

穿山甲和龙

有个人向商陵君进献了一条穿山甲，并说那是一条"龙"。商陵君见后心中大喜，问它吃什么东西。

名师释疑

穿山甲：哺乳动物，全身有角质鳞甲，没有牙齿，爪锐利，善于掘土。生活在丘陵地区，吃蚂蚁、白蚁等。也叫鲮鲤。

那人回答说："它可以吃蚂蚁。"

于是，商陵君收下了这条"龙"，并命令人好好驯养它。

另一个人告诉商陵君说："这只不过是穿山甲而已，根本不是龙啊！"

商陵君听后十分生气，竟然把这个人痛打了一顿。这样一来，身边侍从都非常害怕这件事，再也没有人敢说它不是龙了，大家都把穿山甲像神灵一样供奉起来。商陵君去观赏这条"龙"的时候，只见它弯曲着满身鳞甲的身子像个弹丸似的，突然间又伸直了弹丸般的身躯，他的侍从都装出一副十分吃惊的样子，众人交口称赞这条"龙"的神奇之处。

商陵君听了之后更高兴了，便把那个穿山甲移入宫中来驯养。到了夜晚，穿山甲在宫墙上挖了一个洞逃跑了。下人们匆忙地跑去报告商陵君说："这条'龙'真的是本领非凡啊，今天晚上果然穿石而飞了！"

商陵君亲自前往视察了一番穿山甲逃走的痕迹之后，非常惋惜。他特别吩咐在宫中饲养大量蚂蚁，等待着这条“龙”再次飞来。

不久，天降大雨，在一个雷电交加的夜里，真龙突然出现了。商陵君以为是自己驯养的那条“龙”回来了呢，便非常虔诚地摆出蚂蚁来招请它降落。真龙见了大怒，用雷击毁了宫殿，商陵君也被砸死在里面。

名师指津

商陵君偏听偏信，把穿山甲当真龙对待，而当真龙出现的时候，他却遭遇非命。往往自以为是，偏听偏信的人是不会有好结果的。

人们说：“商陵君真是太愚蠢、可笑了，竟然把穿山甲当成真龙来奉养，等到他看到真龙的时候，却又用穿山甲的食料来喂他，结果被真龙一怒之下打死了，这真是自取灭亡啊！”

楚人畏鬼

楚国有个人非常惧怕传说中的鬼，每当听到风吹叶落和蛇鼠爬行的声音，他都以为是鬼来了。

小偷知道这个情况之后，就专门在晚上爬上他家的墙头偷看，并且故意装出怪异的号叫声。这个人顿时吓得连正眼看一下都不敢了。小偷就这样装了四五次的鬼叫，然后就钻进了他家的屋子里，很容易地就偷走了他全部的财物。

有人欺骗他说：“我看见你的东西确实是被鬼给偷走了。”他心中虽然有些疑惑，暗中又认定就是如此。

不久，他丢失的东西全都在小偷家里被找到了，然而他却仍旧认为那是被鬼偷走之后送给小偷的，绝不相信那个偷东西的人就是小偷。

名师指津

一个人，一旦被迷信的思想所禁锢，疑神疑鬼在所难免；甚至有时候还会被坏人愚弄、利用，最后伤害的只是自己。

罴说

鹿害怕貙，貙害怕老虎，老虎又害怕罴。

且说那罴的形状，只见它头上披着长毛，可以像人类一般地站立着，看上去煞是骇人，它力气非常大而又会伤害人。

古时，在楚国南部有一个猎人，他极其灵巧，能用竹管惟妙惟肖地模仿各种野兽的叫声。一天，他带着弓箭和装在瓦罐里的火器向山上走去。他取出竹管吹出鹿鸣的声音，以此来招引鹿的同类。等到鹿群来了，他便点火拉弓上箭向鹿群射击。可是貙听到大群鹿的叫声，也很快赶了过来。猎人看见貙来了，心里非常害怕，就赶紧拿出竹管模仿老虎的叫声来吓貙。貙闻声果真被吓跑了，而真的老虎却循着虎的叫声来了。这个猎人见状就更害怕了，他又哆哆嗦嗦地开始模仿罴的叫声。老虎听到罴叫的声音也赶快跑掉了。可是罴听了罴叫的声音也跑来找自己的同类，它来到后看见只是个猎人，就一把揪住猎人开始搏击，然后一下子就将猎人撕碎吃掉了。

人们如果不善于完善自身，提升自身的内在能力，而一味地依靠外在的技巧，那就没有不被罴吃掉的。

名师释疑

貙（chū）：古书上说的一种虎属猛兽。也叫貙虎。罴（pí）：兽名。

名师指津

讽刺了那些不学无术、缺少真本领的人，尽管可以欺骗蒙混一时，但难免会原形毕露，害了自己。在现实生活中，我们只有不断完善自己，提升自己的能力，才可以变得更加强大。

秦氏好古

秦朝有一个读书人，酷爱古董，遇到十分珍爱的古董，即使价钱再贵，也一定要想办法买到手。

有一天，一个人带了条破席到他家来非常认真地说："从前鲁哀公曾命孔子就座问政，而这就是孔子当时所坐的席子！"

秦氏一听顿时高兴极了，认为这是件很有价值的古物，就非常豪爽地拿出外城的田地来换这条席子。

过了一些时候，又有一个人拿了一根很旧的手杖来对他说："这可不是普通的拐杖，这是周太王曾经避开狄人去豳城时所拄的那支拐杖呀！远比孔子的座席还要早好几百年，你如果真爱古董就应买下它。"秦氏立即把全部家产给了那人，换取了那根手杖。

名师释疑

豳（bīn）城：古地名，在今中国陕西省彬县，旬邑县西南一带。

接着又有一个人拿着一只朽碗来，碗边都破损不堪了，说："你那席子和手杖都不算古老，这只碗可是商朝的夏桀制成的。商朝又远于周朝了吧！"秦氏思来想去也认为这只碗年代更加古老久远，也因此更加珍贵，于是就很痛快地用自己仅剩的住房换下了那只碗。

三件古董虽然到手了，可田地房屋家产也已用尽，吃的、穿的顿时都没了来源。但是这人的好古之心仍然没有变，他如此饥寒交迫却始终不忍舍弃这三件古董。

于是，他便身披哀公之席，手拄太王杖，端着夏桀造的碗，开始行乞于街头，只听他嘴里还不停地哀告："衣食父母们，大家行行好吧，如有周太公九府钱请给一文吧！"

名师指津

秦氏爱古物如命，盲目崇拜古人，盲目认为越是古老的与破旧的就越好，以致最后无衣无食去乞讨。极力讽刺了那些一味顽固守旧、不知向前看的人。

弃伪学伪

顿国的大夫权听说黄帝与蚩尤交战时制造了号角，吹起来就像龙吟一样，非常喜欢。于是他找来了桐木剖开挖空了，又使用赤黑色的漆涂饰了一番，绘上龙的五彩图案，每天都练习吹奏。这个号角吹出来的声音既抑郁曲折又回旋缭绕，非常和谐动听，仿佛能通到幽深而遥远的地方。

权向着南山的水潭方向吹奏，想以那种声音感动龙。水潭里有一只三脚鳖听见了号角的声音，以为有人要来杀它，就张大了嘴巴号叫了起来，叫声震动了山林。

权听见了这号叫声大为震惊，以为是真龙在那里吟叫呢，赶紧跑去告诉公子奇说："真龙叫起来了，声音大得如同擂响灵鼓一样，且一声接着一声，辗转不停。原来我以前学的都不对啊，现在改学这种声音，您看可以吗？"

公子奇对他说："您所听见的声音只不过是三足鳖的叫声而已，不是龙吟的声音。人们很少能得听见龙的鸣叫声。您的号角吹出的声音固然是假的龙叫声，但现在您又以为三足鳖的叫声就是龙吟声了，这样就更是假上加假了！抛弃假的东西而又去学习假的东西，这不是什么好的选择。"

> **名师指津**
> 弃伪学伪，根本没有任何意义。问题的本质是什么，这一点必须明确。然而，现实生活中，有些人只相信表面的假象，而不追究深层的意义，往往因假象的迷惑做出错误的认识。

黔驴技穷

其实贵州原先并没有驴子，当地人根本不知驴为何物。

一次，有一个多事的人用船运了一头驴子到贵州。可是运到后，驴子又根本在此地派不上用场，这人只能把它放在山下牧养。老虎见了，发现它的样貌煞是陌生，便以为是神灵。于是，不声不响地躲到树林里偷偷探视驴子的一举一动。

过了一会儿，它壮着胆子慢慢接近驴子，继续小心翼翼地观察它，可还是不了解驴子究竟是什么东西。

有一天，驴子仰起脖子大叫了一声，老虎听罢大吃一惊，连忙跑到很远的地方去，还以为驴子想吃它，心中十分恐惧，浑身瑟瑟发抖。但是，经过几日反复的观察，它觉得驴子仿佛没有什么特别的本领。

名师释疑

瑟瑟发抖：指因寒冷或害怕而不停地哆嗦。

后来，随着时间的流逝，老虎渐渐地听惯了驴子的叫声，它又凑到驴子的前后左右转来转去，但始终还是不敢轻举妄动。稍后，老虎开始向驴子再靠近一些，进一步大胆地戏弄它，用触碰、摩擦、顶撞等动作去触犯它。

驴子终于恼火起来，就抬起蹄子踢老虎，老虎见状高兴起来，心里暗思量："原来它所有的本领只不过如此而已！"就跳将起来，大声吼叫，一口咬断驴子的喉管，直到吃尽它的肉，这才满意离去。

驴子看上去身材庞大，似乎品德高尚；声音洪亮，好像本领高强。如果不露出它有限的本领，老虎尽管性情凶猛，毕竟还是对它心存疑虑畏惧，而始终不敢鼓起勇气进攻它。如今驴子落得这个下场，实在可悲啊！

名师指津

世界上有很多东西貌似很强大，样子很可怕，但其实没有什么了不起的。在现实生活中，我们不要被貌似强大的敌人吓退，要充分相信自己的力量，勇于斗争，善于斗争，夺取胜利。另外，一个人不能仅仅靠自己强大的外表取胜，而更应该注重自己的真才实学。

奇妙的“鬼”

古时候，有一位教书先生在太湖洞庭东山教授弟子。一天晚上，师生们在灯下谈论文章。窗外有个鬼探头探脑。起初，鬼的脸孔有簸箕那么大，接着又像一口翻倒的铁锅，过了一会儿，这副鬼脸变得像个车轴，眉毛像扫帚，眼睛像铜铃，两个颧骨突出，而且又宽又厚，上面堆积了厚厚的尘土。

名师释疑

探头探脑：伸着头向左右张望，多形容鬼鬼祟祟地窥探。

教书先生看了他一眼，面带微笑，随手拿起他刚作的诗文递给鬼看，问道：“你认识这上面的字吗？”

鬼不作声。

先生问：“既然认不得字，为什么还要装出这样的面孔来吓唬人呢？”

先生接着用手去弹鬼脸，发出的声音就如同是敲在破牛皮上。先生哈哈大笑道：“脸皮这么厚，难怪你一点儿也不懂事。”

鬼感到无地自容，那张大脸一下子缩得像一颗豆子那么小。

先生回过头来对他的学生说：“他一贯装出这副大鬼脸，原来却是个没有面目的东西，跑到这里鬼混。”

说完就拔出佩刀向鬼刺去，只听得“叮”的一声响，不知是什么落在了地上。拾起来一看，原来是一枚小铜钱。

有的人凭着手中的一点钱，胸无点墨，却要装成各种各

名师指津

世上的事情并没有想象中的那么可怕，只要以一种正确的心态去面对，总能找到解决的办法。

样的怪脸吓人，这是不能持久的。对一切妖魔鬼怪就是要毫无畏惧，步步进逼，使其原形毕露。

齐大夫的奢华

齐景公一向提倡俭朴的生活，可是齐国大夫的生活却是越来越奢侈糜烂了。他们为了不让齐景公知道，就故意做出一副俭省的寒酸样子装给他看。每次上朝的时候，都必然要乘着瘦弱的马拉破旧的车子而来，衣服上面东一块西一块的满是补丁，连帽带都陈旧得快断了。

> 名师释疑
> 奢侈(shē chǐ)：指挥霍钱财过多，享受过分。

齐景公以为他们都忠实地遵从了自己的要求，非常高兴，但又觉得他们的节俭生活也过分了，于是，就把群臣都召集来了，对他们说："我为了使你们能穿戴好，特地赏赐给你们每人一套棉衣和一件宝刀，作为身上的装饰物品。你们也不必太过俭朴了。"

> 名师指津
> 齐大夫们欺下瞒上，背离节俭的价值观，奢华骄侈，其下场也是悲惨的。现实的生活中，尤其官场上，一些为官者经不起诱惑，在道德面前玩弄伎俩，严重伤及国家和人民的利益。因此，我们不管做什么事情，都要言表如一。

大臣们都齐声回答道："我们如今凭借着您的威灵，才能够列大夫之位，吃的虽不是精细，但也不曾忍饥挨饿；穿的虽不是锦衣华服，但也不曾忍受寒冷。愿您能永远做我们齐国的君主，能使我们的子孙后代沐浴您的俭朴美德。"齐景公听了之后很高兴。

有一天，齐景公外出去游玩，正遇上大夫们在鹿门宴享。他进去一看，只见他们的车子光亮耀眼，拉车的马匹健壮有力；他们个个身着绫罗绸缎，吃的均是山珍海味，用的餐具也是极其漂亮精致。齐景公一见这种状况，大怒，呵斥道："你们

都是我的臣子，竟敢用这样的方式来欺骗我！”于是，就下令把他们全部逮捕杀死了。

《尚书》有言曰：“作假的人费尽了心机，只能会越来越显得窘困。”说的大概就是齐国大夫这样的人吧！

杞人忧天

杞国有一个人，整天担心天坍地崩，自己没有地方可以藏身，急得夜不能寐，食不下咽。有个人看他这样担心，便开导他说：“天无非是一大团气体罢了，没有一个地方没有气。你一举一动，一呼一吸，整天都是在天的中间，哪里还要担心它坍下来呢？”

那人却说：“假如天当真是一大团气体，那么太阳、月亮和星辰，不会掉下来吗？”

开导他的人说：“太阳、月亮和星辰，也不过是有光的气团，即使掉下来，也不会打中人，更不会打伤人的。”

那人又说：“可是地崩了怎么办呢？”

开导他的人又回答道：“地无非是泥土、石块罢了，四面八方，都堆积着泥土石块，没有一点儿空隙。你行走跳跃，整天都在地上行动，哪里有地崩呢？”

那人听了后，这才高高兴兴地放下心来。

名师指津

我们不要为一些毫无根据的事情而忧虑。在现实生活中，要多注意思考事物之间的联系，不要被主观片面和盲目冲昏了头脑。同时，这则故事也辛辣地讽刺那些胸无大志、患得患失的人。

如影随形

从前，有一个人看见了自己的影子就害怕，看见自己的脚印就厌烦。为了摆脱它们，他就拼命地往前跑。可是他走的路越多，脚印也就越多；跑得再快，影子也始终没有离开他。这个人不停地狂奔，最终力竭气衰而死。

他不知停在阴影处，停在阴影处就没有影子了；也不知道静止不动，足迹也就休止了。他真是太愚蠢了啊！

要想防止一种不良倾向，必须寻本求源，从根本上解决问题。如果从枝节上着手，有时问题不但得不到解决，反而更为严重。

名师指津

想要解决问题，必须从本质上发力，挖掘它的根源所在，而仅从表面上去看问题，那只能面临"治标不治本"的结局。

人和兽

古时候，有一个叫西王须的齐国人十分善于经商。他经常出入扶南、林邑、顿逊等南方各地，贩卖各种各样的珍宝，如玳瑁、颇黎、火齐、玛瑙，件件都是闪闪发光、光彩夺目的珍宝。

名师释疑

玳瑁（dài mào）：爬行动物，外形像龟，四肢呈桨状，前肢稍长，甲壳黄褐色，有黑斑，很光润，性暴烈，吃鱼，软体动物，海藻等，生活在热带和亚热带海中。

一次，他的商船正在海上航行时，突然海面上刮起了一阵强劲的东风，船被大风掀翻了。幸而西王须趴在被折断的桅杆上面，随波漂浮了很久之后，总算漂到了岸边。他身披着湿漉漉的衣服，在异国的荒山野岭中蹒跚而行。山深得终日见不到阳光，如同倾盆大雨来临之前的压倒之势。西王须自忖此次必死无疑了，就想寻找一个深洞了断残生，希望自己的遗体不要被乌鸦和老鹰啄食了。

不久，他找到了一个洞，正要往里走时，一只猩猩从洞中摇摇摆摆地走了出来，对着他反复打量了一番，好像挺可

怜他的样子。猩猩回过身去，走进了山洞中，然后捧出了豌豆、萝卜等各种食物，做着手势示意西王须来吃。西王须正饿得两眼发绿，有机会饱餐一顿当然不会放过。

在深洞的右边有一个小洞穴可以休息，里面铺盖着一尺来厚的崭新的鸟羽兽毛，看起来非常暖和。猩猩让西王须睡在上面，自己只身躺在了洞穴的外面。当时的天气十分寒冷，猩猩为了这远道而来的友人一点也不顾惜自己的身体。它虽然没法与西王须进行交谈，但却能发出咿呀的叫声，好像是在抚慰他，让他不要害怕。就这样过了一年之久，猩猩对他的照料丝毫也没有减退过。

忽然有一天，猩猩看见一艘船经过山下，就急忙推耸着西王须来到江边，送他登上船。西王须上船之后才知道船主就是自己的朋友。再回首望着那只猩猩，见它还在那儿远远地目送自己离开，久久没有离去。

西王须突然对他的朋友说："我听说过猩猩的血可以用来染毛织品，用它染过的毛织品历经百年都不会褪色。这野兽真是肥得很啊，杀死它足足可以得到一斗的鲜血，我们何不一起上岸去捕捉它呢？"

他的朋友脸色突变，破口大骂道："它虽是野兽却通人情，而你虽是人面却长着一颗兽心！"

动物尚通情感，何况人类呢？感恩是一种美德。对于他人的友善帮助，我们一定要怀着一颗感激之心。

若石防虎

冥山的北面，隐居着一个名叫若石的人，很久以来，一只老虎一直居住在他家的附近，伺机窥视着他家的篱笆。若石率领着他的家人们日夜警戒着这只虎。早晨的时候，他们敲起铜锣警示，太阳落山之后就点起火把照明，夜里还要打铃观望查看。他还特地在篱笆周围栽种了有刺的树木，筑起高高的围墙，山谷里挖了深深的壕沟来防守。

名师释疑

壕(háo)沟：沟道。

就这样，一年很快过去了，老虎竟什么也没捕获到。

有一天，若石突然发现老虎死了，他惊喜万分，认为既然老虎已经死了，再也没有什么东西能伤害自己了。

于是，他立即松开了捕虎的弩机，撤除了一切防卫设备，墙坏了也不去修补，篱笆破了也不去修补。

只知道防虎而不知道防御其他凶猛的野兽，若石的结局可以警醒当世之人啊。

没过多久，有一只豹追赶一只麋，闯到他家的屋角边停了下来，听到他家里有牛羊猪等家畜的叫声就冲进去吃。若石不知这是豹，便大声地对它呵斥，然而它却丝毫不畏惧也不逃走，若石便上前向它扔土块。

这时，豹像人一样站立起来了，并用爪子疯狂地抓着若石，最后，若石竟被它抓伤而死。

宋襄公的仁义

宋国与楚国在泓水之滨交战。宋国的士兵已经列好队，楚兵正在渡河。右司马购强走上前对宋襄公说：“楚兵多，宋兵少，在楚兵渡了一半尚未列队时就发起进攻，这样必可大败楚兵。”

宋襄公却说：“我听君子说，不重创敌人，不捉鬓发斑白

的老兵，不把别人推进险境，不把别人逼向绝地，不攻击没有排成队列的军队。现在，楚兵还没完全渡过河，我们就出击，有害仁义之道。还是让楚兵都渡过河，列成作战阵势，才能击鼓命令士兵出击。”

右司马购强说：“国君您这样是不爱惜宋国的老百姓，宋国人民的生命财产得不到保障，还空谈什么仁义之道呢？”

宋襄公固执己见，对购强说：“你返回队列中去，不然，我就要执行军法了。”购强只好返回队列。等到楚兵渡河完毕，已排列成作战队形，宋襄公这才击鼓攻击。结果，宋兵大败，宋襄公的大腿也受了重伤，过了三天就死了。

名师指津

宋襄公在乱世中空谈君子之风，死守迂腐的政治信条。在现实生活中，我们不管做什么事情，都要考虑实际情况，切不可盲目固守教条。

我去哪儿了

古时，一个里尹押送一个犯罪的和尚去服戍役，这个和尚非常聪明而狡猾。在途中住宿时，和尚将里尹灌得酩酊大醉，趁他鼾声如雷、呼噜熟睡，和尚起身拿刀剃掉里尹的头发，解下捆在自己身上的绳子，并套在了里尹的脖子上，之后便逃走了。

名师释疑

戍役（shù yì）：服兵役。

第二天清晨，里尹醒来，找不到和尚，摸摸自己的脑袋，光溜溜的，绳子又套在自己的脖子上，大惊失色地说：“和尚倒还在这里，那么我去哪儿了呢？”

人们活在世界上，糊里糊涂地过日子，连自己是否真正存在都不知道的人，难道只有里尹吗？

猫和老鼠

从前，有一个人非常厌恶老鼠。于是，便花费了大量的钱财购买了一只善于捉老鼠的好猫。他每天用肥鱼大肉将猫喂饱，并且让猫睡在舒服的绒毡之上。不料猫整日被美食环绕，而且生活得十分很安逸，就不怎么去捉老鼠了。有时，甚至与屋里乱窜的老鼠一块嬉闹玩耍。长此以往，老鼠反而较之以前更加肆无忌惮。这个人发现后非常生气，最后便决计不再养猫，并且认为天下根本就没有什么好猫。

猫在安逸的温室里享受溺爱，以致过于懒散，不思进取。问题出现在养猫的人身上，从头到尾都没有反思自己的过错，太过迁就，只会造成不可思议的后果。

名师释疑

肆（sì）无忌惮（dàn）：恣意横行，无所顾忌。

之后，他在暗处安装了鼠夹，但狡猾的老鼠碰也不碰，他又设置了毒饵，可老鼠尝也不尝。这个人在抓狂之余几乎无时无刻不对老鼠恨之入骨，但又拿它们毫无办法。

有一天，此人家中失火，火势凶猛，烧着了他的粮仓与卧室，这人迅速跑出门外，也不着急救火，而是望着熊熊烈火大笑不止。邻居慌忙赶来替他把火扑灭了，他非但不领情，反而十分愤怒地质问道："那些可恨的老鼠正要被这一场大火统统烧死，而你们却赶快跑来救了它们，这究竟是为什么呀？"

杀龙妙技

朱评漫是一个很爱学习的人，为了学会一项特殊的本领，他变卖了所有家产，带着一千两黄金到很远的地方去拜支离

益做自己的老师，跟他学习杀龙的技术。

转眼间三年过去了,他学成回来。人家问他究竟学了什么，他一面兴奋地回答，一面就把杀龙的技术——怎样按住龙的头，踩住龙的尾巴，怎样从龙颈上开刀……指手画脚地表演给大家看。

人们都笑了，因为人们知道龙是不存在的，于是就问他："那什么地方有龙可杀呢？"

朱评漫这才恍然大悟，原来世间根本就没有龙这样的东西，他的本领是白学了。

名师指津

脱离实际的学问，不管学的多好，都是枉然，因为它根本不会适应社会的需要。所以，必须承认自然界的客观性，这是有意识地参与发现自然、利用自然和改造自然的前提条件，也是人类生存和发展的本质体现。

神童仲永

金溪有一户人家，家中有一个名叫方仲永孩子，祖祖辈辈都以耕田为生，家中的人都没上过学。

仲永五岁那年，家里并没有教他认识笔墨纸砚，他却忽然自己哭闹着要这些文具。他的父亲对此感到十分奇怪，就心存疑惑地从附近人家借来一套文具给他，只见他挥笔便写下了四句诗，还在后面写上了自己的名字。那诗中非常真切地表达了孝养父母、维护宗族之意，结构严谨，内容完整。家里人连忙请一个乡下秀才来看此诗，秀才看后将孩子夸赞了一番。

从此以后，凡是指着某个物件让他作诗，他立刻就挥笔写出，而且词句贴切、文气贯通，令人赞叹不已。这个地方的人都认为这孩子是个神童，将来必成大器。于是许多人都

名师指津

天才并不是天生的，而是靠后天的学习与勤奋。如果一味地凭着先天的智慧而不再去学习，不去接受新事物，那是不可取的，总有一天会落于人后。

来和他父亲交往，把他父亲奉为上宾。有的人还不停送钱送物给他。他的父亲见这有利可图，就成天带着仲永到处表演，靠着别人的奉承来谋生活，也不让他读书了。几年后，当有人再让他写诗，仲永写出的诗就比前几年逊色了许多。又过了几年，此时的仲永已是二十岁的小伙子了，可是他昔日的灵气却一点也没有了，平平庸庸，与一般人没什么两样。

三人成虎

庞葱陪太子到赵国的京城邯郸去做人质，他对魏王说："如果现在有一个人说街上有老虎，大王相不相信呢？"

魏王说："不信。"

庞葱又说："如果有两个人说街上有虎，大王相不相信呢？"

魏王说："我疑惑了。"

庞葱再问："如果有三个人说街上有虎，大王相不相信呢？"

魏王说："这我就相信了。"

庞葱说："街上本来没有老虎，然而有三个人说有老虎，你就相信有了。现在赵国的京都邯郸离魏国的京城大梁比这里到市上还远，若背后说我坏话的人超过了三个，恳请大王不要相信，而要仔细察看。"

魏王说："我自己知道该怎么办，不会随便相信人言。"

于是，庞葱便向魏王辞行，陪太子到邯郸去做人质。然

名师指津

对人对事的判断，需要经过实地的考察思考，而不是道听途说，偏听偏信，最终让谎言掩盖了真相。

而人刚刚走，向魏王进谗言的人就来了。后来，太子被放回来了，而魏王却再也没有召见过庞葱。

士人道学

从前，有一个士人，羡慕道学的名声而学习道学，每天走在路上，都恭恭敬敬地作揖打拱。一次，他规规矩矩地走了很久，觉得很累了，就叫随从回头看看后边有没有过路的人。随从看了看，说:“没有。”于是，他便不再是那副恭敬的样子，随随便便地急走起来。

另一个人也像他那样恭恭敬敬地缓步而行。有一次，偶然碰到了一场急雨，便急急忙忙地赶了一里多路。忽然自己悔悟了，说:“我失掉走路的规矩了。有了过错不怕，改正就好。”于是，他冒雨回到开始匆忙赶路的地方，慢慢地再次走了过去。

就第一个人来说，是为了做给别人看的，这是虚伪；就第二个人来说，就未免太迂腐了。有志学习的人必须除掉这两种弊病才能学好。

名师指津

做学问要真诚，懂得变通，而不是装出样子，没有一点实际行动，一味墨守成规，不做任何改变。

生木造屋

高阳应准备要造房子，他家的匠人阻止他说：“不行啊，刚备好的木料还没有干，只要涂上泥巴，就一定会弯。而用刚砍下的树木造房子，虽然开始还不错，但以后也一定会倒塌的。”

名师指津

不听建议，又喜欢冒充内行，这种自以为是的做法，必定会得不到美满的结局。

高阳应说："照你这种说法，仔细想想，房子就不应该倒塌。因为木料越干越坚硬，而泥巴则越干越轻，而用越来越坚硬的木料来承受越来越轻的泥巴，那是一定不会塌的。"

匠人一时想不出用什么话来回答他，只好无奈地摇着头按他的吩咐去造房子。果然，房子刚刚造好时还不错，看上去非常结实美观，但过了不久房子就倒塌了。

高阳应喜好玩弄小聪明，却不明白这其中的大道理。

仕数不遇

从前，周朝有个人想做官，但始终没有遇上机会，眼看年岁已老，白发苍苍，心中非常难过。一日，他坐在路边哭泣。有人问他："你为什么哭呢？"

他回答说："我多次想求个一官半职，却从来没有碰到一个做官的机会。现在，正为自己老迈年高，再也没有做官的机会而伤心，所以就哭了起来。"

周人每次应仕都以失败告终，并不是因为他不努力，而是他一味迎合他人的想法，没有明确和坚定的目标，没有一样精通的学问，最终一生碌碌无为。其惨败的教训足以让我们引以为戒啊！

那人问他："怎么一辈子连一次做官的机会都没有碰到呢？"

老人回答说："我年少时，专门攻读诗文，在文才和道德方面也有些成就。正要去求个官做，可当时的国君陛下喜欢任用老年人。等到崇尚老人的君王去世了，继位的君王又喜欢任用懂武艺的人。于是，我就弃文从武。待我的武功学成了，喜欢武将的国君又去世；另一个非常年少的君王开始执政，他喜欢任用年轻人做官，我此时已年老白首。就这样，一辈

子没有碰到机会啊！”

指鹿为马

秦二世时期，丞相赵高野心勃勃，日夜盘算着要篡夺皇位。可朝中大臣有多少人能听他摆布，有多少人反对他，他心中没底。于是，他想了一个办法，准备试一试自己有多大权威，同时也可以摸清反对他的人。

一天上朝时，赵高让人牵来一只鹿，满脸堆笑地对秦二世说：“陛下，我献给您一匹好马。”秦二世一看，心想：这哪里是马，这分明是一只鹿嘛！于是，便笑着对赵高说：“丞相搞错了，这是一只鹿，你怎么说是马呢？”赵高神色宁定地说：“请陛下看清楚，这的确是一匹千里马。”秦二世又看了看那只鹿，将信将疑地说：“马的头上怎么会长角呢？”赵高一转身，用手指着众大臣，大声说：“陛下如果不信我的话，您可以问问众位大臣。”

群臣都被赵高的一派胡言搞得莫名其妙，私下里嘀咕：这个赵高搞什么名堂？是鹿是马这不是明摆着吗！当时，赵高脸上露出阴险的笑容，两只眼睛骨碌碌轮流地盯着每个人，大臣们忽然明白了他的用意。

一些胆小的人都低下头，不敢说话。说假话，对不起自己的良心，说真话又怕日后被赵高所害。有些正直的人，坚持认为是鹿不是马。还有一些平时就跟赵高勾结的大臣，立刻附和赵高的说法，对皇上说，“这确是一匹千里马！”

名师指津

这则故事形象生动地描绘了一代佞臣赵高的虚媚之态。秦二世时期，赵高巧言令色，献媚人主，窃弄国柄，荼毒生民，秦国的灭亡与之有着不可分割的关系。

事后，赵高通过各种手段治罪于不顺从自己的大臣，有的甚至被满门抄斩。

失势的大鱼

晋定公作为一国之君，常常不失时机地摆国君之威。

有一个叫杨食我的大臣规劝他道："我听说东海有一条巨大的鱼，它名字叫作王鲔。谁都不知道它到底有多大，只知道那像面旗帜一样摇曳在龛山和赭山之间的，是它巨大的脊鳍。

> 名师释疑
> 赭（zhě）山：山名，土石呈赭色。

"每当王鲔在海中遨游之时，它就能掀动波浪如同小山，喷吐的水沫如同暴雨，连风中都夹带着它喷吐出来的腥气。它在海里遨游，真算是来去自由，无拘无束了。若是碰上乌贼、泥鳅、金枪鱼、鲂鱼等小的动物，它就张开血盆大口，成百上千条地把它们一并吞下了，每天即使吃上一千条鱼，还是饥肠辘辘的。它若是在黑水洋里游动，聚集在洋面上有上万艘大帆船，王鲔只要对着它们一喷水，它们就全都淹没，不见任何踪影了。王鲔就这样恣意横行在海洋中间，有谁敢靠前去干预它呢？

"可是，有一天它随着大海潮逆流直上进入了罗刹江，潮退之后搁浅在了那里，如同一条绵长的山岭一样高高地矗立在江滩之上。江边的人们还以为是真的山岭，就从它的身上走了过去，却发现脚踏的地方时而会抖动一下，这才大吃了一惊，砍下它的一片鱼鳞仔细观看，发现鱼鳞之下竟是不住

抖动着的鱼肉。人们真是高兴极了，立即就架起了栈道，把王鲔的身躯分割切碎，装了足足几百艘船才运走，乌鸦和老鹰也都成群结队地飞来了，一时间落满了它的躯体，啄食着它的肉，一个个都吃得饱饱的，几乎飞不动了。

"你看那王鲔在海上时，多有势力，多威风啊！可它一旦失了势，就是想做一条小鱼游回大海里去也难啊！大王啊，难道您可以仅仅依恃王位吗？"

定公感慨地说："你的意思我已经明白了，你回去吧。"

名师指津

当大鱼失去海洋的时候，它变得脆弱不堪。一个人不管多么强大，都应该保持自己内心的谦逊。同时，还要时刻记住：虚伪的外露是一种自我的毁灭。

螳臂当车

一天，庄子乘坐马车到友人家去。马车在大道上疾驰，庄子注视着不断向前延伸的路面，似乎想从车辙中探究出什么奥秘来。

忽然，他看见不远的前方，路中间有一只绿色的虫子。仔细一看，却是只螳螂。他担心车轮压到螳螂，就让车夫将马车停下来。他跳下车，走到螳螂面前，却见那螳螂怒冲冲地高举着两只前足，挡在车辙中间，仿佛要阻止马车的前进。庄子感叹地说："你想挡住马车前进，真是自不量力啊。你可怎么能挡得住马车呢？"

名师释疑

螳螂（táng láng）：昆虫，全身绿色或者土黄色，头呈三角形，触角呈丝状，胸部细长，有翅两对，前腿呈镰刀状。捕食昆虫，对农业有益。有的地区叫刀螂。

剜骨藏珠

据说海中有一座宝山，很多宝物都散落在那里，白光闪闪、金光灿灿。

有一个航海人偶然在那里得到了一颗直径足足有一寸的宝珠。于是，他就带着这颗宝珠乘着船回家了。航行还不到百里路时，突然之间，风起云涌，汹涌颠簸的恶浪里，蛟龙现出了十分阴森狰狞的脸。

船夫告诉他说："这只蛟龙想要夺回你手中的宝珠啊，你赶紧把珠子沉到海里去吧，否则就要连累我的性命了。"此人想把宝珠扔进大海去，想了又想实在舍不得扔下去，不扔下去吧，又为严峻的形势所迫。于是就用尖刀剜开了大腿上的肉，把宝珠藏到里面去了。不一会儿，海里的波涛竟然平息了下来。等他回到家中，取出宝珠来，不久却因为大腿上的肉溃烂而送了自己的性命。

名师指津

人要自重自爱，珍惜生命，不要过分追逐金钱。生活需要物质，但生命和快乐更重要。

万字万画

从前，有个财主的儿子问老师说："一字怎么写？"

老师回答："一画。"

"二字怎么写？"

老师回答："两画。"

"三字怎么写？"

老师回答："三画。"

他恍然大悟说："天下的字可以用'一'来贯串，写字算不了什么难事！"

这时，他的父亲正要请一个账房先生。

他自告奋勇地说："何必花费这笔钱呢？我完全可以胜任这差事。"

他父亲听了非常高兴。

一天，他父亲叫他写请柬，邀请一位姓万的朋友到家中喝酒，等了很久不见送来，便几次派人去催，他愤怒地说："什么字不可以姓？何必一定要姓万！我画了半天，还没有写到一半哩！"

名师指津

知识是无穷无尽的，因此，我们学习知识一定要脚踏实地，永不满足。如果只学得皮毛就装懂，一知半解，那只会被他人耻笑的。

五十步笑百步

梁惠王很喜欢与别国打仗。有一天，他问孟子："我对于国家，总算尽了心了：河西收成不好，我就把河西的农民移到河东去。同时，又把河东的粮食调到河西来。河东荒年的时候我也是这样做。看着邻国的国王，没有一个像我这样诚心诚意地对待老百姓的。可是邻国的百姓也未减少，我们梁国的百姓也不见增多。这是什么原因呢？"

孟子回答说："大王喜欢打仗，我就用打仗打个比方吧！

"战鼓咚咚地敲起来，双方的士兵就刀对刀、枪对枪地打起来。在这时候，打败的一方，不免丢了盔甲、兵器逃命。逃命的人自然有的逃得快，有的逃得慢，有的逃了一百步，有的逃了五十步。这时候，逃了五十步的人，就嘲笑逃了一百步的，说他怕死，不勇敢！你认为对不对呢？"

梁惠王说："当然不对！那人只不过没有逃到一百步，但同样也是逃跑了呀！"

名师指津

同样是逃跑，性质一样；同样是苛政，性质也是一样的。我们看待事物不能只是看到表面，仅仅从量的多少上片面地给事物下结论，因为这样得到的结论自然也是不正确的。

孟子说：“大王既然知道这个道理，怎么能希望你的百姓比邻国多呢？”

鼯鼠学技

田野里有一种小动物，名叫鼯鼠。它的头像兔子，尾巴上有毛，毛色青黄。学过五种本领：飞、走、游泳、爬树、掘土打洞。但是，它的这几种本领学得都不精。

有一次，鼯鼠正在向别的动物显示自己的本领，突然跑来一只猎狗。

动物们飞的飞，跑的跑，会游泳的钻进水里去了。会爬树的，三下两下爬上了树。会打洞的，迅速地把自己隐藏起来，可是鼯鼠却慌了手脚。

飞吧，飞不到一尺高；下水，却又游得不远；上树吧，爬不到树顶；跑又跑得不快；挖土打洞吧，连自己的身体也掩盖不住。

正当鼯鼠不知如何是好的时候，被猎狗一口咬住了。

名师指津

虽然鼯鼠学了五种本领，可是结果什么都不精，最后连发挥的余地都没有。故事深刻地告诉了我们，在生活和学习中，既要学会统筹兼顾，又要明确中心和关键，分清主次，这样，学到的本领才能管用。

忘本逐末

一个人向酒家请教造酒的方法。

酒家说：“用一斗米，一两曲，加二斗水，掺和起来，酿七天，就成酒了。”

这个人健忘，回到家中用水二斗、曲一两掺和在一起，七天后尝尝，仍然和水一般。于是去责怪酒家，说他没把造酒的真方法传授给他。

酒家说："你一定没按我告诉你的办法去做吧！"

那个人说："我照你的办法的呀，用两斗水掺一两曲。"

酒家问："有没有米呢？"

那人低头想了想说："是我忘了放米了。"

唉！连酿酒的根本都忘了，还想要造出酒来，到造不出酒时反怪人家教得不对——世上的学者，忘本而逐末，结果学业不成，同这有什么分别呢！

名师指津

只追求酿酒之法而忘记酿酒用的原料，这种追求细节而忘掉根本的做法，非常不可取。在现实生活中，我们学习求知，一定要打好基础，不能舍本逐末。

猫的名字

齐奄家里养了一只猫，他认为这只猫不同寻常，就叫这只猫为虎猫。

有一个客人劝他说："虎的确勇猛，但不如龙神奇，请改名叫龙猫。"

又有一个客人劝他说："龙固然比虎神奇，但龙飞上天去必须依靠浮云，云不是还胜过龙吗？不如改为云猫。"

又有一个客人劝他说："云雾遮天，风很快就能把它吹散，云本来就不是风的对手，请改名叫风猫。"

又有一个客人劝他说："狂风骤起，用墙来遮挡，就完全可以挡住，风比墙如何？不如叫墙猫更好。"

又有一个客人劝他说："墙虽然坚固，但老鼠可以打洞，墙就会毁坏，墙比老鼠又如何呢？所以还不如叫鼠猫更好。"

东边邻里的一位老人听到这些议论后讥笑他们说："捉老

名师指津

一只再普通不过的猫，竟然被用来大做文章，实在是一个大笑话。在现实生活中，我们做事需务实，说实在话，做实在事。

鼠的本来就是猫嘛！猫就是猫，为什么要抛开事物的本来面目去追求那些不切实际的空名呢！”

亡羊补牢

从前有个人，养了几只羊。一天早上，他去放羊，发现少了一只。原来羊圈破了个窟窿，夜间狼从窟窿里钻进来，把羊叼走了。

故事告诫我们，不怕做错事情，做错了就要及时改正。否则就会错上加错，那么，补救的机会就一定会失去的。

邻居劝告他说："赶快把羊圈修一修，堵上那个窟窿吧。"

他说："羊已经丢了，还修羊圈干什么呢？"就没接受邻居的劝告。

第二天早上，他去放羊，发现又少了一只。原来狼又从窟窿里钻进来，把羊叼走了。

他很后悔，不该不接受邻居的劝告。他赶快堵上那个窟窿，把羊圈修得结结实实的。从此，他的羊再没有被狼叼走了。

宋人献玉

宋国有一个喜欢奉承别人的人。

有一天，他弄到一块未经雕琢的玉石，就连忙拿了它去献给新上任的宋国大臣子罕，想去讨好权贵。

名师释疑

子罕（hǎn）：春秋时期宋国贤臣。

子罕怎么也不肯接受这块玉石。

“这宝贝啊，只配给您这样德高望重的君子挂在身上，那些贪财受贿的小人可不配用，大人你收下吧！”那人便花言巧语地说。

子罕回答他说："你把这块玉看作是宝贝，但我把不接受别人的奉承当作我的宝贝。所以，你还是拿回去吧！"

那人无可奈何，只好把玉石拿走了。

名师指津
世界上最宝贵的不是美玉，而是人心灵的美。在宝玉面前，子罕选择了坚守崇高的道德修养和廉洁奉公的高贵品质，这才是他的精神之宝。

效仿国王

从前，有一个人想要得到国王的信任，便询问别人自己应该怎样做。

那人说："你要想得到国王的好感和信任，国王的形态动作，一言一行你都要效仿学习。"

这个人一听是个好办法，就立即前往皇宫。他一进皇宫，见到国王的眼皮子在不停地跳动，便学国王的样子，也不停地跳动。

国王见他这种怪相，就问："你的眼睛是有病，还是被风吹了？为什么眼皮子一个劲儿地跳动？"

这人回答："我的眼睛没病。我想效仿大王，以得到大王的信任，看到大王的眼皮跳动，就学习大王的样子。"

国王听后，非常愤怒，认为他是在学习自己的丑态，当众侮辱国王，就立即下令，将他绑了起来，押入牢房。

名师指津
人无十全十美，每个人都有自己的长处与缺点，与其盲目地模仿他人，不如保持自己的个性。

猩猩嗜酒

猩猩是一种喜欢喝酒的动物。山脚下的人摆下装满甜酒的酒壶，旁边放着大大小小的酒杯。同时还编了许多草鞋，把它们勾连编缀起来，放在道旁。猩猩看到这些，心中明白这是诱骗自己的，并知道布置这个骗局的人的姓名及其父母祖先，于是，便将其名字一个接一个地数落着骂了开来。

过了一会儿，它对同来的猩猩说："我们为什么不稍微喝一点酒呢，小心点，千万别喝多了！"

于是，它们一齐拿起小杯来喝，喝完了，又一边骂，一边扔酒杯。这样反复多次，再也禁不住嘴馋，耐不住甘甜美酒的引诱，便端起大杯喝起来，完全忘了节制。

酩酊大醉之后，众猩猩开始挤眉弄眼嘻嘻哈哈地笑，拿起草鞋就穿。

名师指津

不管做什么事情，都要保持清醒的头脑。要能够抵制诱惑，要有一定的自控能力。

这时，山下人出动来追捕它们，猩猩们慌乱之余互相践踏，一一被擒，一个也没逃脱。猩猩算是动物中较为聪明的一类了，知道憎恨山下人的引诱，可还是不得善终。

这都是贪心所造成的啊！

宣王好射

齐宣王十分爱好射箭，他最喜欢别人夸他能拉开强弓。而事实上，他使用的弓只要用三百多斤的力气就能拉开。他经常把自己的弓给大臣们看，要他们也试着拉一拉。那些大臣们为了讨好齐宣王，个个都装模作样地只拉到一半，就说再也拉不动了。

大臣们都故作惊讶地说："要拉开这张弓，至少要有九百斤的力气。而除了大王，又有谁能用这么强的弓呢？"齐宣

王听了非常高兴，还赏赐给他们很多好东西呢。

然而，齐宣王拉那张弓所用的力气不过三百多斤，可是他一直都以为要用九百斤的力气才能拉开。三百斤是真实的，九百斤却是徒有其名，齐宣王只图虚名却不顾实际。

名师指津

一个人只喜欢听奉承的话，徒有虚名，而不注重实际，必定是一个缺乏自知之明的人。最后导致不能够认清自己，甚至被别人欺骗。

疑心生暗鬼

涓蜀梁生性愚笨，胆子又小。

有一次，他在一个有月亮的凄清的夜晚出门赶路。

银白的月光，幽幽地照在他身上，旁边的地上，投下了一个黑黝黝的影子。

此人每走一步，那影子也紧跟着前进一步。待他猛地低下头一看，发现身边有个黑黝黝的人形，而且不声不响，样子十分可怕。

于是他便以为一定是个小鬼在紧紧地跟着他。这个人开始害怕起来了。待他再抬起头来一看，又发现自己头上的头发，飘呀飘地，他又以为那一定是小鬼的头发，于是他更加断定有鬼。

名师指津

不真实的幻想，只会自己吓唬自己罢了。生活中，要学会保持一颗平常心。

在极度的惊慌失措之中他拔腿就跑，一直气吁吁地跑到家里。可是此人因为跑得太快，根本透不过气来，不一会儿就憋死了。

楚人养猴

楚国有一个靠养猕猴为生的人，楚国人都叫他“狙公”。

名师指津

突出狙公的无情，用残酷的手段剥削猴子的利益。

每天天一亮，他就在院子里给众猕猴分派任务，命令老猴率领着它们到山里采摘果子，并要求它们上交所摘果子的十分之一来供养自己。如果有猴子不肯上交所采的果子，狙公就用鞭子抽打它们。众猕猴个个又怕又恨，却谁也不敢违抗。

有一天，一个小猴子对众猕猴说："这山里的果实，难道都是狙公一个人栽种的吗？"

"当然不是，那都是天生长成的呀！"众猕猴答道。

"难道这些果子除了狙公，其他人谁都不能摘取了吗？"

"当然不是，谁都可以随意去摘取。"

"那么我们为什么非得要依赖他而受他的奴役驱使呢？"

话未说完，众猕猴都已经醒悟了过来。那天夜里，众猕猴侦察到狙公已经去睡觉了，大家便打破了栅栏，砸烂了柜子，把他多年的积蓄席卷一空，然后手拉着手一起逃到了密林深处。

从此一去不回了。这样一来，狙公终于被活活饿死了。

一叶障目

有一个家境十分贫穷的楚人。他从《淮南子》上曾经读到这样一段话："如果能得到螳螂捕蝉时遮蔽身子的那片叶子，就可以隐形。"当他看了这段话，顿时非常高兴，立即就跑到树下，开始向上张望。恰好他看见一只大螳螂正躲在一片树叶背后，开始准备捕捉蝉。他赶紧爬上树，摘下那片叶子。不料一失手，树叶落到地上，和满地的落叶混在一起，分辨

不出哪片是他刚才摘的。

他只好把所有的叶子都扫起来，装了在一起，带回家去。回家后，他把一片树叶遮在眼前，问妻子道:“你能看见我吗？”

妻子说：“看得见。”

他又换了一片：“现在你还能看见吗？”妻子仍旧说看得见。

就这样，他一片一片地试着，一遍又一遍地问，竟从早上一直问到晚上。妻子给弄得厌倦不堪，就骗他说:“看不见。”这人心中大喜，忙把那片叶子小心藏好。第二天一早，他带着叶子到市场上去，把叶子遮在脸上，就当着人家的面拿东西。街上巡视的小吏就把他捆绑着送到县衙门去了。

鹬蚌相争

一只河蚌张开蚌壳，在河滩上晒太阳。有只鹬鸟，正从河蚌身边走过，就伸嘴去啄河蚌的肉。

河蚌急忙把两片壳合上，把鹬嘴紧紧地钳住。鹬鸟用尽气力，却怎样也拔不出嘴来。

蚌也脱不了身，不能回河里去了。

河蚌和鹬鸟就争吵起来。

鹬鸟说：“一天、两天不下雨，没有了水，回不了河，你总是要死的！”

河蚌说：“假如我不放你，一天、两天之后，你的嘴拔不出去，你也别想活！”

名师释疑

蚌（bàng）：软件动物，体软有壳，能产珠，壳可制器。

鹬（yù）：鹬目鹬科鸟类的通称，常涉水捕食小鱼、贝类及昆虫等。

名师指津

谦恭礼让是一种好的行为习惯；过分迂腐、守旧的生活意识是非常不可取的。做事情，一定要分清轻重、缓急、主次，而不是紧急时刻，还相互繁缛礼让，白白错过最好的时机。

奔水氏听了之后急得直跺脚说道：“您怎么生得这样迂腐啊！若是在山上吃饭时遇到小老虎，必须把口里的食物都吐掉了马上逃跑；若是在河里洗脚碰上鳄鱼，一定要扔下鞋子掉头就跑掉。家里已经是烈火熊熊了，这还是您打躬作揖、谦恭礼让的时候吗？”

奔水氏急忙扛起梯子跟着他往回走跑，赶到他家的时候，房屋早已化为一堆灰烬了。

庸人自扰

古时，一位御史公性情多疑。起初典买了永光寺的一个宅子，那地方比较空旷，怕有盗贼，就在夜间派了几个家奴，轮流值班打更，敲击铃铛和木梆。还要防备家奴工作懈怠，尽管是寒冬炎夏，他自己也必定手持蜡烛亲自巡察，弄得苦不堪言。

后来，他又典买了西河沿的一个宅子，它与城市居民的房屋相连，他又担心会遭到火灾，就在每一间屋里都安放了盛满水的木瓮。到了夜晚，仍然要派人摇铃打鼓巡逻视察，像在永光寺一样，也弄得自己辛苦万分。

他再典买虎坊桥东面的一个宅子，和他的官邸相隔数户人家。他见那里的屋宇幽静深邃，又怀疑里面有鬼魅，就先去请和尚来念经放焰火，敲钹击鼓叮叮当当，闹了好几天，说是要超度鬼魂。最后，又请道士来设祭坛召请天将，悬挂起符箓，手持着凶器，又敲钹击鼓叮叮当当响了好几天，说

是驱逐狐狸精。

其实，这些宅子本来相安无事，自从御史公闹腾了这一阵子之后，“鬼魅”反而兴风作浪。不是抛砖扔瓦，就是盗窃器物，没有一夜安宁过。原来，一些差役奴仆，正好借他这种心理装神弄鬼做坏事，因此，他遭到的损失，实在无法计算。

永某氏之鼠

永州有一个人，认为自己出生的年份正逢子年，而老鼠又是子年之神，因而他特别喜欢老鼠。他特别强调在家里不准喂猫养狗，并禁止家僮捕捉老鼠。老鼠在他家里的粮仓厨房恣意横行，胡乱糟蹋，但不管老鼠闹得有多凶，他自始至终对此放纵不管。

时间已久，得到实惠的老鼠们便纷纷奔走相告，很多同类就都跑到这个人家里来，它们拼命大吃大喝，饱食终日而毫无灾祸。不难想象，这人家里终日没有一件完整的器具，衣架上也没有一件完整的衣服，这些东西都被肆意妄为的老鼠咬得千疮百孔。甚至人们也会在不经意间吃到老鼠吃剩下的残渣剩饭。最后导致老鼠在大白天中无视一切，成群结队，更有甚者与人同行，晚上四散开来，偷咬东西，拼命打斗，叫闹声千奇百怪。这些胡作非为的老鼠闹得左邻右舍不得入睡，而这家的主人却始终安然处之，丝毫不觉得老鼠讨厌。

就这样过了几年，这个人终于搬到别的地方去住了。又

名师指津

天下本无事，庸人自扰之。本来是一个简简单单的问题，一番折腾反而变得复杂起来，最后给自己增添无尽的烦恼。所以，处理事情，必须黑白分明，弄清是非，这样才会让问题变得简洁明了，也便于解决。

名师释疑

肆意妄为：指毫无顾忌地胡作非为。

有一家人搬进来住，这些过分放肆的老鼠还像过去那样偷咬打闹，丝毫不见有所收敛。新来的主人望着眼前的景象，皱着眉头说："老鼠本是见不得人的坏东西，可在这里它们简直肆意偷窃捣乱得太厉害了！为什么现在会闹到这种地步呢？"

那些肆无忌惮地残害人民的不法分子，肆意妄为，目无法纪，终究得不到好下场。我们对坏人切不可包庇纵容，任其胡作非为。

于是，便马上借了五六只猫，关上门，下狠心掀掉了屋顶上的瓦片，开始大量用水灌鼠洞，然后又雇人千方百计地设法捕杀老鼠，结果杀死的老鼠堆积如山，将它们扔在偏僻的地方，一下子臭了好几个月。

会画地图的人

宋元君需要一张宋国的地形图，他把史官们都召来，要他们每人画一张。那些史官们一个个拱手拜揖，接到任务之后，就纷纷地忙开了。有的舔笔尖，有的忙磨墨，一副干大事的样子。

有一个史官来得最晚。他从容不迫地走了进来，接受命令后，向宋元君拱了拱手，就回到自己屋里去了。宋元君见他一副胸有成竹的样子，就派人去观察。只见那人回到家，解开衣服，挽起袖子，盘腿而坐，准备绘图。来人把看到的情景报告给了宋元君，宋元君赞叹说："这个人真不错，是个真正会画地图的人啊。"

一知半解的人，往往装模作样显示自己，有真才实学的人，却不卖弄自己的才能，而是脚踏实地，埋头苦干。

自相矛盾

战国时期，楚国有一个卖兵器的人。一天，他到集市上去卖矛和盾。

在摊位周围，很多人围上来观看，他就举起他的盾，向众人夸口说："我的盾，是世界上最最坚固的，无论怎样锋利尖锐的矛也不能刺穿它！"围观的人都盯着看他的盾，想知道他的盾究竟是用什么材料做的，居然什么矛都无法刺穿。

接着，这个卖兵器的人放下了盾，又拿起了矛，夸口说："我的矛，是世界上最锋利的，无论怎样牢固坚实的盾都会被戳穿。"

他一边不住地夸口，一边还不停地向众人展示着他的矛和盾，并大声吆喝道：

"快来看呀，快来买呀，世界上最最坚固的盾和最最锋利的矛！"

这时，一个看客上前拿起一支矛，又拿起一面盾牌问道："如果用这矛去戳这盾，会怎样呢？"

"这……"

围观的众人先是一愣，而后人群中爆发出一阵大笑，人们陆续散去。那个卖兵器的人无法卖出矛和盾，只好灰溜溜地扛着矛和盾离开了。

名师指津

众人被那位看客的话点醒之后发出了刺耳的嘲笑，卖兵器者这才意识到自己的愚蠢。因此，我们在介绍某事物的时候一定要讲求方法，不能一味地夸夸其谈，否则只会贻笑大方。

郑人买履

名师释疑

履：鞋子。

相传，一天，一个郑国人打算到集市上去买双鞋。他事先在家里用一把尺子量好了自己脚的大小，打算拿着这个量好的尺标去买鞋子。

出门时，他却忘记带量好的尺标。他来到集市上后，找了一处鞋店，认真挑选了一双比较满意的鞋子，刚想买下来，可是一掏口袋，找不到鞋的尺标了。他知道这一定是忘在家里没有带出来，便对卖鞋人说：“我忘记带鞋的尺码了，等回家取来再来买这双鞋吧。”

卖鞋的人急忙叫住他说：“您不用回家拿尺码，只要穿上试一试这鞋子，大小不就知道了吗？”

可是郑人却生气地说：“我宁愿相信量过的尺码，也不相信我的脚！”说完，就头也不回地走了。郑人跑回家，找到了尺码，等到夕阳西下时他才急急忙忙地返回集市。可哪里还有卖鞋的呢？鞋店早已经关门了。

名师指津

当愚蠢遇上固执的时候，只会发生让人啼笑皆非的故事。郑人买履便是一个典型的反面事例。

猿猴和王孙猴

猿猴和王孙猴住在两个不同的山头，它们的秉性各异，因而互不相容。猿猴平日恬静而稳重，比较能谦让孝慈。它们互亲互爱，从未发生过争执；吃食物时，互谦互让，根本

没有你争我抢的现象发生；走路也会排好列队，就连平日喝水都有很讲究秩序。倘若有同伴不幸走散了，大伙便悲哀地鸣叫、呼唤。一旦遇到困难或者危险，大伙便主动保护弱者。

这些猿猴不践踏庄稼、蔬菜。如果树上的果实还未成熟，它们就互相细心看守。待果实成熟之后，守护果树的猿猴就会设法集合同类，让大家先吃，然后自己再吃。

这个猿猴集体十分和谐欢快。遇到山上的小草细木，它们都会绕道而过，从来不去践踏。因此猿猴居住的山头经常是草木旺盛、郁郁苍苍，环境十分优雅。

而王孙猴的脾气则既暴躁又嚣张，它们极喜争持号叫，终日互相吵闹、追逐，虽然群居在一起，但彼此间完全没有一点友善可言。它们在吃东西时互相咬夺，行走时不成队列，松松散散，喝水时也不守秩序，倘若有几个可怜的同伴掉了队也没有谁会想起它们来。

这些王孙猴一旦遇到困难和危险，便把体弱力小的抛在后面，自顾自地四散奔逃。它们还喜欢践踏庄稼和蔬菜，凡是它们经过的地方都被糟蹋得乱七八糟，一片狼藉。树上的果实还没有成熟，它们就乱咬乱丢。并且还常常偷窃人们的食物，将它们贪婪恣肆地塞满自己的两颊。但凡遇到山上的一些小草小树，它们途经此处必定要摧残折损，一直到草木衰败枯萎才肯罢休。所以王孙猴居住的山上经常是既荒芜又衰败。

相似的群体，由于道德的差异而呈现出截然不同的面貌。

名师释疑

狼藉（jí）：散乱堆积。

报恩的狗

周村有个商人到芜湖去做生意，由于买卖不错，赚了很大一笔钱。回家时租了一条船，航行途中，看见岸上有一个屠夫正绑着一只狗准备把它杀掉，就多出了一倍的钱把它赎买下来，放在船上养了起来。

那船夫本是长年做强盗的家伙，他暗暗地瞄看了客商携带的丰厚行李，就故意将船划到草木茂盛的地方，拿起刀来准备把客商杀死。客商苦苦哀求赐他一具全尸，强盗便用毡子把客商裹扎起来，抛入江中。狗见到主人被扔下水，哀叫着也跳入水中，它用嘴紧紧咬住裹具，在波浪里一起浮沉。不知在江流中漂荡了多久，直到他们被冲到浅滩上才停下来。

狗从水中伸出脑袋，游上岸，跑到有人的地方，汪汪哀吠。有人觉得奇怪，便跟着狗往前走，看见了被毡子裹住的商人，就割断了捆绑的绳索。原来客商并没死，他向人们诉说了事情的经过。然后又哀求其他的船夫送他返回芜湖，以便到那里截住盗船。可在他登上船时，却不见了那条狗的踪影，心中十分悲伤。

到芜湖码头三四天了，岸边的货船客船密密麻麻，就是看不到那强盗的贼船。此时正好遇上一位同乡客商，要带他一起回家乡。那只狗却突然出现在面前，望着主人大声吼叫。主人呼唤它，它却往外跑。被抢劫的客商便下了船，跟狗一

同走去。那只狗突然奔上一条船，猛烈地咬住一个人的腿，被咬的人拼命地踢打着狗，可狗怎么也不松口。客商赶紧向前呵斥狗，这时却发现被狗咬住的人正是要找的那个强盗，他已换了衣服，所以就不易认出了。客商立即喊人一同将强盗捆起来，搜索船舱，被抢去的金银财物一样不少都还在呢！

一只狗尚且能够如此报恩，我们人类是否更应知恩图报呢？

名师指津

感恩是一种美德。动物尚通达人情，知道报恩。而对于那些受人帮助，却不知道感激，反而只为自己利益考虑的人，实在应该感到羞愧啊！

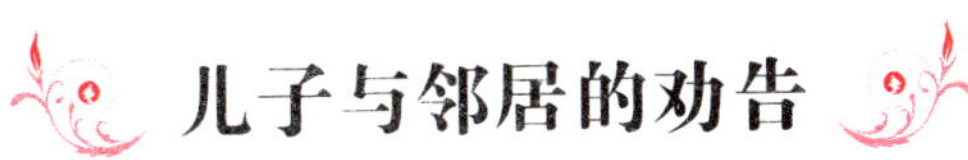

儿子与邻居的劝告

相传，宋国的一个富人，家中的一堵墙被大雨冲淋了一个缺口。雨停后，他的儿子对富人说："这堵墙的缺口得赶紧修补上，不然小偷会从这儿溜进来，偷走咱们家的东西。"

邻居的老人看见了，也对富人说："赶快把墙修好吧！要是小偷从这里进来，偷走你的东西，损失就太大了。"

富人答应说："对！是应该修补好。"

他虽这样说，但补墙之事一直没有实际着手。

这天晚上，果然有个小偷从破墙中钻了进来，偷走了不少东西。

富人气坏了，想起雨停时儿子的劝告，认为自己的儿子有先见之明，能料到晚上小偷要来，说明儿子聪明过人。同时又想起了邻居老人的劝告，心想："我那些贵重东西说不定就是老人偷走的，若非这样，他怎么也来告诉我要修墙呢？也许在他劝告我的时候，就算计着要偷我家的东西了。"

富人越想越生气，就去官府告状。这时官府老爷正在审问一个小偷，这小偷承认他所偷的东西是一个墙有缺口的富人家的。

富人听到这里，觉得很惭愧，又很气愤。惭愧的是自己冤枉了邻居老人，如果听了他的劝告，修好了墙，也就不会让小偷钻空子了；气愤的是小偷的可恶行为。

名师指津

同样的建议，儿子说出来的是忠告，邻居老人说出的却被猜疑。拿感情的亲疏来看待一件事，评价一个人，这是欠思考的，不真实的，更是不可取的。做任何事情，首先要尊重客观事实，而不是只凭个人的主观意志和情感来判断。

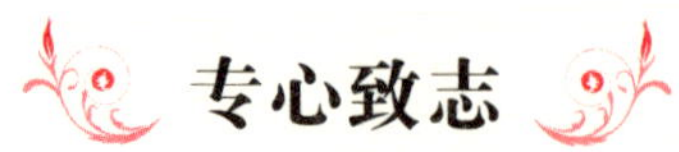

专心致志

有个名叫秋的下棋名手，他棋艺高超，所向披靡，在当时深受人们的敬仰。

秋有两个学生，可是他们的表现却迥异，其中一个学生，总是集中精神，专心致志，一心一意地跟他学；另外一个呢，他对猎鸟似乎更有兴趣，尽管也是同样坐在那里听讲，眼睛也看着棋盘，可却总也无法集中精神学棋，而总是记挂着那些在天空飞翔的鸿雁，甚至竖起耳朵，还能隐隐约约地听到鸿雁的鸣叫。他也时常在学棋的时候想着拿弓箭去射鸿雁。

结果，第一个学生很快就学会了棋艺中的精髓，令人赞叹；而第二个学生学了很久，还是没有学到什么。难道是那个学会的学生比那个没学会的要聪明些吗？非也。

不管是学习还是做事，都要专一，做到不分心，这样，才可以把事情做好。否则，有再好的老师，也不会取得好的成绩。

名师赏析

世间的人，多如星辰，光怪陆离的事情时有发生，在史籍中信手拈来一则寓言小故事便可作为我们的一个长鸣警钟，时刻警醒着我们。寓言故事《叶公好龙》告诉我们，如果喜爱一样东西，就要深入了解它，认识他，做到真正的喜爱；《亡羊补牢》告诉我们，犯了错误，遇到挫折是常见现象，只有吸取教训才能避免重犯错误；《一叶障目》告诉我们，千万不要被局部的或暂时的现象迷惑，要认清事物全面的或根本的问题。

学习借鉴

好词

半信半疑　煞有介事　扬长而去　涸辙之鲋　苛捐杂税

胸有成竹　得意扬扬　惟妙惟肖　原形毕露　酩酊大醉

好句

* 他便身披哀公之席，手拄太王杖，端着夏桀造的碗，开始行乞于街头。

* 这副鬼脸变得像个车轴，眉毛像扫帚，眼睛像铜铃，两个颧骨突出，而且又宽又厚，上面堆积了厚厚的尘土。

* 山深得终日见不到阳光，如同倾盆大雨来临之前的压倒之势。

思考与练习

1.你身边有没有像方仲永这样的人？如果有，你会对他的父母说一些什么？

2.“鹬蚌相争”这一则寓言故事给了我们什么启示？

DI SI zhang

第四章　治学得法

名师导读

治学，就是研究学问。各个领域的学问有所不同，君王治世、医者治病、农夫治田、师者治理……这些都是治学的内容。本章讲述的就是关于治学的寓言小故事，希望读者在读完这些寓言小故事后，能有所感悟。

扁鹊见秦武王

战国时期，一天，名医扁鹊谒见秦武王，秦武王将自己的病情告诉扁鹊。扁鹊听后，答应为他医治。

但是秦武王左右的人却说："国君，您的病在耳朵的前面，眼睛的下面，要想根治恐怕很难。万一有差错，耳朵就会听不见，眼睛也看不清。"

秦武王就把这些话说给扁鹊听。

名师指津

扁鹊身为医生，怒斥秦武王听信左右无知之言的昏庸做法，足见其才智过人和大无畏的精神。

扁鹊听后，非常恼怒，立刻把手中治病的石针扔了，并对武王说："君王同懂医术的人商量怎么治病，又同不懂医术的人一起讨论，干扰治疗，假如像这样管理秦国，如此下去，君王的每一个举动随时都有亡国之危啊。"

治国如同治病，需要依靠各方面的专业人才，否则，国家是治理不好的。

扁鹊治病

战国时期，有一天，名医扁鹊去拜见蔡桓公。

扁鹊在蔡桓公身边站了一会儿，说："国君，据我看来，您皮肤上有点小病。要是不治，恐怕会向体内发展。"蔡桓公说："我的身体很好，什么病也没有。"

扁鹊走后，蔡桓公对左右的人说："这些做医者的，总喜

欢给没有病的人治病。医治没有病的人，才容易显示自己的医术高明。”

过了十天，扁鹊又来拜见蔡桓公，说道：“您的病已经发展到皮肉之间了，要不治还会加深。”蔡桓公听了很不高兴，没有理睬他。扁鹊又退了出去。

过了十天后，扁鹊再一次来拜见，对蔡桓公说：“您的病已经发展到肠胃里，再不治会更加严重。”蔡桓公听了更不高兴。扁鹊连忙退了出来。

又过了十天，扁鹊远处看见蔡桓公，只是看了几眼，就回过头走了。蔡桓公觉得很奇怪，派人去问他：“扁鹊，你这次见了国君，为什么一声不响，就悄悄地走开了？”

扁鹊解释道：“皮肤病用热水敷烫就能够治好；发展到皮肉之间，用扎针的方法可以治好；即使发展到肠胃里，服几剂汤药也还能治好；一旦深入骨髓，只能等死，医生再也无能为力了。现在国君的病已经深入骨髓，所以我不再请求为他医治了！”

五天后，蔡桓公浑身疼痛，派人去请扁鹊给他治病。扁鹊早知道蔡桓公要来请他，几天前就跑到秦国去了。不久，蔡桓公就病死了。

名师指津

桓公由于不听从扁鹊的叮咛医治，而致小病恶化到大病，最后不治身亡。一个人如果有了缺点，就应该及时接受批评，果断改正。否则，知错不改，反而错上加错，那就会产生不可设想的后果。

拔苗助长

宋国有个农人，生来性情急躁，没有耐心。他将秧苗插进田里后，每天要到地里去好几次，围着地头或蹲在田边好长时间，盼望田里的稻子快些长高。

他不知道稻子是要慢慢长的，决不会像他想象中那样长得那么快。就这样，他吃饭也想怎么让禾苗长得快，睡觉也思量使禾苗快速生长的办法，一来二去，可真让他寻思出一个主意来。

第二天一早，他来到自己的地里，脱去鞋子，卷起裤管，下到水田中，将田里的每株禾苗挨个儿都拔高了一节。等全部禾苗都拔高一节后，他一屁股坐在了地上，高兴地笑了。

筋疲力尽地回到家中后，他对家中人说："真累啊！辛辛苦苦地干了一整天，气都喘不过来了。不过，禾苗倒是长高了不少。"

家里人听后，半信半疑。他的儿子欢快地跑到田里去一看究竟，来到田间之后，不由地愣住了：满田的禾苗个个像霜打了一样，全部都耷拉了下来枯萎了。

名师释疑

半信半疑：有些相信，又有些怀疑。

名师指津

在现实生活中，我们一定要遵循事物的发展规律，万万不可急于求成。

罔与勿除草

罔与勿二人都嫌自己田里的杂草总是除不尽，于是罔想了个办法，他就把禾苗与杂草一起铲除烧掉了，以为这样做就可根除田里的草患。谁知禾苗都没有了，杂草却又长了出来，依旧与原来的一样繁茂。

勿接受了他的教训，干脆不除杂草，让禾苗和杂草一起生长。他辛勤劳作了一季，结果粟子却变成了稂草，稻子变成了稗子。

两个人你看看我，我看看你，只能忍饥挨饿。

于是，他们便去向后稷诉苦："这禾苗的种子实在是太不好了。"

后稷问明缘由后，就对他们说："这都是你们的过错啊。那禾苗是要靠人精心地培植才能生长壮大的，你们一个只是为了除掉草，不管禾苗，一并给除掉；一个是为了保护禾苗，连杂草也一并保护起来了，这样的做法都是不可取的呀，怎么能怪起禾苗的种子不好来了呢？"

名师指津

罔和勿照顾田地没有耐心，到头来，颗粒无收。在现实生活中，很多时候，有了问题，首先要在自己身上找，并且认真分析与寻找适宜的方式去解决，这样才可以把事情做得更好。

邻人找羊

相传，有一天，杨子的邻居跑掉了一只羊。

邻居已经动员了所有的亲属去追赶，又去请杨子家的僮仆去帮忙找羊。

名师释疑

僮(tóng)仆：仆人。

杨子知道了这件事后，叹息道说：

"哎！只跑掉一只羊，为什么这么多人去追赶？"

邻居回答说：

"道路的岔路太多了，所以追的人也就该多一些！"

不久，找羊的人都回来了。

杨子问他的邻居：

"你家的羊找到了吗？"

"没有找到，羊跑掉了。"

杨子又问：

"怎么会让它跑掉的呢？"

邻居回答说：

“岔路太多了，每条岔路上又有很多分岔路口。不知道它到底跑往哪一条路上去了，找羊的人没办法，只好回来了！”

杨子听后，沉默了好久，之后便整天不露笑容。他的学生便问他：

“走失了一只羊，又不是什么大事，而且那羊也不是您的，为什么如此闷闷不乐呢？”

杨子道：

“不是因为这个，我是因为联想到我们的求学。假如我们求学的人，也是东一榔头西一棒槌的，不肯专心致志，也会像在岔路上寻羊一样，结果是一无所得。”

名师指津

我们求学需要专心致志，要把握方向，注重领会其实质，万不可被表象所迷惑。否则，将一无所获。

放宜咎训鹯

战国时期，有一个叫放宜咎的楚国人，善于驯养鹯鸟，在驯养鹯鸟还不到三个月的时候，鹯鸟就变得很乖巧听话了，让它们飞就飞，招呼它们降落下来就降落下来。若是让它们去攻击鹭鸟、黄鹂、野鸭、天鹅等鸟，它们就会马上行动，完全是按照人的意志去行动。

名师释疑

鹯(zhān)鸟：古书中说的一种猛禽，似鹞鹰，鹞类猛禽。

终利之伊是放宜咎的一个邻居，他见放宜咎驯养的鹯鸟很成功，便下定决心刻苦学习驯鹯鸟技术，暗地里要与放宜咎比个高低。他从北方的山里寻来了几只鹯鸟，让专门喂养鹰的仆人将它关在小笼子里七个月。

这一天，一只黄鹂忽然从笼前飞过，终利之伊急忙放出

鹯去捕捉。黄鹂吓得从半空中掉下来，鹯鸟也跟着掉了下来，与黄鹂正好落在了杉树的同一个枝丫上。终利之伊招呼它，命它去捉那只黄鹂，它却突然向空中飞去，不一会儿就已经无影无踪了。不久之后，其余的鹯也瘦死了一大半。

终利之伊感到非常羞愧，于是就去向放宜咎请教：“你究竟用的是什么方法使得鹯驯服了呢？”

放宜咎告诉他说：“我哪有用什么方法啊，以前我刚刚捕到鹯的时候，就用笼冑套住它的头部，用丝绳拴住了它的双腿，并用大鼓和小鼓的声音来威慑它，再用穿着紧袖衣带的手臂去承受它，用銮铃的声响来振奋它，训练它目不斜视，精神高度集中。等到它饿了的时候，就用水拌肉烤熟了之后来喂它，平时却不让它吃饱，还让它吞吃羽毛让它把吃下去的食物全都泄掉。就是这样的方法，使它得以保全了天性，使它几乎不知道人的存在，人在它的眼里是同鹯一样的动物。所以我命令它搏击就去搏击，我命令它停止就停止了。现在，你是按照人的习性去养鹯的，而不是按鸟的习性去喂养它的，所以违背了它的性情与习惯，因此动摇了它的筋骨，扰乱了它血肉生长的正常规律，损伤了它的羽翼功能，不能适应它的饮食饥饱习惯，它的精神受损、不完备了，天性都已经丧失殆尽，又怎么能够与人沟通，按照人的意志去办事情呢？只怕是你不放纵它，一旦放纵了，它就马上飞走了。”

终利之伊听后，再次施礼作揖说：“我从你驯鹯这件事情上，学会指挥将士的方法了。真是谢谢你了！”

名师指津

放宜咎善于驯鸟，从始至终，他都遵循鸟的性情与习惯，顺其自然，而不过分强加人为的意志。在实际生活中，我们也应该了解和运用合适的方式，不违背事物的本性，这样才能让复杂的问题变得更加简单明了。

黄羊举贤

一次，晋平公问祁黄羊：“如今南阳县缺个县令，你看谁可以胜任呢？”

祁黄羊脱口而出道：“解狐可以胜任。”

晋平公疑惑不解地问道：“解狐不是你的仇人吗？”

祁黄羊回答说：“您问的是谁可以去当南阳县令，又不是问谁是我的仇人呀！”

晋平公赞叹道：“很好。”

于是，晋平公就立即任命解狐为南阳县令。果然，解狐到任后非常称职，受到了当地老百姓的交口称赞。

过了不久，晋平公又问祁黄羊说：“如今京城里有一个尉官的职位空缺，你看谁可以担任呢？”

祁黄羊脱口而出回答说：“祁午可以。”

晋平公惊异道：“祁午不是你的儿子吗？”

祁黄羊不紧不慢地回答道：“您问的是谁可以担当尉官这个职务，并没有问谁是我的儿子呀！”

晋平公点头道：“很好。”

于是，晋平公就立即任命祁午为尉官。果然祁午也很称职，众人对他称赞有加。

孔子听说了这件事后，说：“祁黄羊说得真是太好了！他推举人才，并不因为是仇人与自己的儿子就不推荐。像他这

黄羊任人唯贤，不避仇人，不讳亲人，以国事为重。他非常了解人才，也只有品德高尚的人，才可以唯才是举，体现了黄羊大公无私的高贵品质，是我国历史上的精神典范。

样的人，才称得上真正的大公无私啊！”

名师释疑

大公无私：完全为人民群众利益着想，毫无自私自利之心。

蔚(wèi)然成风：形容一件事情逐渐发展、盛行，形成风气。

桓公喂蚊

齐桓公在柏寝台里休息，他对相国管仲说：“我们齐国国家富强，老百姓生活富裕，我没有什么忧虑。但有一件事处理不当，我却忧心忡忡，很不放心啊！现在蚊子嗡嗡地叫，它们没有吃饱，我有点忧虑。”

于是，他拉开绿色的纱帐，将蚊子放了进去。这些蚊子有的很懂礼貌，不忍心叮咬桓公，悠然飞走了；有的蚊子知道满足，只叮了桓公一口，便也飞走了；有的却贪得无厌，从不知足，停在桓公身上纵情叮咬，等它吮吸饱了，肠肚也因此胀破了。

桓公无限感慨地说：“哎呀！老百姓应该也遇到过这样的情况吧！”

于是，他发布命令，在齐国制定丰衣足食政令的情况下同时下达杜绝铺张浪费的戒令，劝告老百姓不要大吃大喝，不要过分追求那些绫罗锦缎的华丽装饰，因而勤俭节约在齐国蔚然成风。

和氏之璧

一个姓何的楚国人，在山上得到一块玉璞后，便拿去献给楚厉王。楚厉王叫玉匠来看。玉匠看后说：

“这是一块普通的石头呀，根本不是玉石！”

楚厉王认为和氏欺骗他，就治了他的罪，截去了他的左脚。

等到楚厉王死后，楚武王接替王位，和氏又再次携玉璞献给楚武王。

楚武王仍旧叫玉匠过来辨别玉璞。玉匠看后说：

“这是一块普通的石头，根本不是玉石！”

楚武王恼怒和氏竟敢欺骗他，于是，将他的右脚也截去了。

不久，楚武王死后，楚文王即位。和氏捧着那块玉璞，坐在山脚下大哭，一连哭了三天三夜，把眼泪也流尽了。

楚文王听到这件事后，就遣人前去问他：

“截了脚的人很多，为什么唯独你悲伤地哭个不停？”

和氏回答道：

“我并不是为了截去两只脚悲伤。把宝石当作普通石头，把忠诚说成欺骗，我是为此而悲伤痛心啊！”

楚文王叫玉匠来打开这块玉璞，果然是一块真宝玉。

后来，人们就把这块宝玉称作“和氏之璧”。

要让人们真正认识一个无价之宝是不容易的。和氏为了献玉璞，屡遭截肢之痛，但他毫不妥协，终于使宝玉传之于世，不被埋没。

名师指津

和氏璧的面世，得益于和氏的坚持。在现实生活中，如果我们是一块“璞玉”，就不要担心被埋没，“何氏”终有一天会找到你，让你在属于自己的地方尽情地施展才华。

关尹子教射

列子曾经跟关尹子学射箭。

有一次，列子终于非常精准地射中了靶子，于是，就急

匆匆地跑去问关尹子："您看我已经学得差不多了吧？"

关尹子却反问道："你知道自己为什么射中靶吗？"

列子茫然地摇摇头回答道："不知道。"

关尹子说："既然不知道，这怎么能说已经学会了射箭？"

转眼间，列子又学了三年射箭。于是，他又去向关尹子请教。关尹子又问他："你知道你为什么射中了吗？"

列子回答说："知道了。"

关尹子这才告诉他说："现在可以了。知道为什么射中，这才算学成了。"

名师指津

要想学好一件本事，既要知其然，又要知其所以然，并且要弄明白它的规律，才能精准地做好事情，这样也是最有效的做事方法。

灵丘老人养蜂

灵丘有一位老人善于养蜂，而且每年都能收获好几百斛的蜂蜜与相当数量的优质蜂蜡。因此，他的财富可与封邑的贵族相比。

老人死后，他的儿子继承了他的家业，不到一个月的时间，就有成群的蜜蜂飞走，儿子对此却一点也不着急担忧。一年之后，蜜蜂飞走了将近一半，又过了一年多，蜜蜂全都飞走了，于是，他的家业也日渐衰落，家境大不如以前了。

一天，陶朱公到齐国去，沿途经过这里，问道："这家人为什么先前那么兴盛，如今却如此的萧条落寞呢？"

邻居的老大爷回答他说："是养蜜蜂的结果啊！"

陶朱公进一步询问其中的缘故。

老大爷对他说："从前，这家的老人养蜜蜂时，曾在園中盖茅庐小屋，里面住着专门的人看守着。剖开干木头把中间挖空当作蜜蜂的房室，既没有缝隙也不会因潮湿而腐朽；蜂房的放置也有他的道理，总是有疏有密，排列成行的，新旧蜂房也会各有次序，坐落有一定规则，窗口也会有一定方向；由每五个蜂房组成一个小单位，配专人去管理。管理人员会根据蜜蜂的生长繁殖情况，适当地调节温度，加固蜂房的屋架构造；伺候它们蛰伏和繁殖，发展过多了以后就把它们分群而居，数量减少了呢就把它们合并或聚集起来，不会让一群蜂同时有两个蜂王；随时驱逐危害蜜蜂的蜘蛛、蚂蚁，消灭土蜂、蝇豹；夏天的时候不让蜜蜂被烈日暴晒；冬天的时候防止蜂蜜凝结成冰；刮风的时候，不会让蜂箱摇动；假如下雨了，也绝不让蜂箱受到浸泡；取下蜂蜜之时，也只是取剩余的一部分，决不竭尽蜜蜂的劳动成果。于是，原有的蜜蜂“安居乐业”，新增的蜜蜂“休养生息”，老人足不出户就可以坐收利益。

而现在呢，他的儿子的做法却完全不同了。园庐不去修缮，肮脏的东西也不予清理，干燥潮湿不去调节，割取蜂蜜时，也没有一定的时间规律。蜂箱已经摇摇欲坠了，给蜜蜂出入造成不便。于是，蜜蜂便不愿在这里居住下去了。久而久之，就是那些毛毛虫与蜜蜂同房居住也不知道，蝼蛄、蚂蚁钻进了蜂房也不会被禁止，鹪鹩大白天来啄食它们，狐狸黑夜来偷窃它们，如此等等，都已无人察觉，只知道一个劲儿地去割取酿好的蜂蜜，这样又怎能不变得冷落而萧条呢？”

陶朱公听后十分感慨地对身边的人说：“唉！你们可要

不管做什么事，勤勉，精益求精；懂得与自然相处，与人相处，才可以收获更多的惊喜。

名师释疑

修缮（shàn）：修补。

鹪鹩（jiāo liáo）：鸟名，形小，羽毛赤褐色，尾短，略向上翘，吃昆虫。

牢记这个教训啊，仅仅这一道理，就可以作为治理国家的人们借鉴啊！”

邹忌比美

战国时期，齐威王受到左右一些臣子的蒙蔽，听不到任何中肯的意见。相国邹忌借自己一件亲身经历过的事，向齐威王规劝。

邹忌告诉齐威王，一天，他问妻子：“我与城北的徐公相比，谁俊美？”妻子毫不犹豫地说：“你俊美！徐公怎么比得上你呢！”他又去问妾：“我与城北徐公相比，谁美？”妾怯生生地说：“徐公怎有你美呢！”朋友有事来求他，他又提出这个问题。朋友笑笑说：“徐公不及你美。”

有一天，徐公来拜访邹忌。他仔细打量比较，感到自己确实不如徐公美。于是，他领悟出一个道理：“妻说我美，是偏袒我；妾说我美，是敬畏我；朋友是有求于我。”

邹忌以这件事做比喻，要求齐威王多听听批评的意见。邹忌劝谏说：“现在齐国地方千里，城池众多，大王接触的人也比我多得多，所受的蒙蔽也一定更多。大王如能开诚布公地征求意见，一定对国家有益。”

齐威王听了，觉得很有道理，立刻下令：不论是谁，能批评我的过失的，一律有赏。命令一下，进宫进谏的人川流不息，朝廷门口每天像市场一样热闹，一派“门庭若市”的盛景。

名师指津

邹忌能由自己的所见所感，推己及人，以小见大。此点值得我们每一个人学习。

名师释疑

川流不息：形容行人、车马等像水流一样流淌不息。

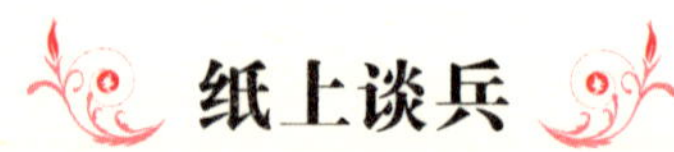

纸上谈兵

赵括从小熟读兵书，谈起用兵之法来头头是道，认为天下没有谁能与他相匹敌。他经常与他父亲赵奢谈论军事，赵奢提出什么问题都难不倒他，但赵奢从不夸赞他。

长平之战中，赵括代替廉颇当了大将。赵括一改廉颇的策略，撤换了不少将官，改守为攻，在长平（今山西高平西北）主动全线出击，向秦军发起进攻。

秦国的大将白起探听到这个消息后，就将秦兵分为两路：一路佯败，把赵军吸引到秦军壁垒周围；一路截断赵军的后路，实行反包围，使赵军粮道断绝，困于长平。

最后，赵军断粮四十六日，五次分四路突围不成。赵括亲自带领精锐士卒突围，英勇杀敌，但最终被秦军射杀而死。四十余万赵军降秦，最后被秦军坑杀。

名师指津

尽管赵括熟读兵书，但空谈理论，没有任何实践经验终也无济于事。故事讽刺了那些喜好空谈，缺乏实际经验的人。

名师赏析

治学讲求的是“择其善者而从之，其不善者而改之”。在这一章中，有好的范例，如《扁鹊治病》《黄羊举贤》《灵丘老人养蜂》《邹忌比美》；也有不好的范例，如《拔苗助长》《罔与勿除草》《邻人找羊》《纸上谈兵》等。这些寓言小故事都深含治学之道，对我们青少年的成长具有积极的意义。

学习借鉴

好词

无能为力　半信半疑　忍饥挨饿　闷闷不乐　无影无踪

好句

* 他的儿子欢快地跑到田里去一看究竟，来到田间之后，不由地愣住了。

* 夏天的时候不让蜜蜂被烈日暴晒；冬天的时候防止蜂蜜凝结成冰；刮风的时候，不会让蜂箱摇动；假如下雨了，也绝不让蜂箱受到浸泡。

思考与练习

1. 从两篇写到关于扁鹊的寓言故事来看，你认为扁鹊身上有哪些可贵的精神？结合现代的医者来阐述你的观点。

2. 灵丘老人与其儿子的养蜂方式有什么不同，你从中得到了什么启发？

DI

WU

zhang

第五章　哲理思辨

名师导读

思辨，就是指思考与辨析，而哲理是关于宇宙人生的根本的原理与智慧。哲理思辨是青少年成才不可或缺的一种思维方式，因此，我们在阅读这一章关于哲理思辨的寓言小故事的时候，应当认真体味，学习哲理思辨的要领。

触蛮之战

春秋战国时期，一次，戴晋人对梁惠王说：“大王，您知道蜗牛吗？”

梁惠王说：“知道。”

戴晋人说：“您仔细看，在蜗牛左角上有个国家叫触氏国，蜗牛右角上有个国家叫蛮氏国。而今这两个国家经常为争夺地盘而进行战争。每次残酷的战争以后，总是死亡数万人。而追赶败兵往往耗时长达半月之久，这时，胜利的一方才愿意收兵。”

名师指津

现实世界总是禁锢着人们的思想，如果摆脱这一禁锢，人们的思想便可遨游于无穷无尽的宇宙之中了。

梁惠王说：“您是在骗我吧？”

戴晋人说：“如果您不信，我愿意为您证实这些话。大王认为天地之间有穷尽吗？”

梁惠王如实答道说：“没有穷尽。”

戴晋人说：“那么大王知道驰骋您的想象于无穷无尽宇宙之中，可是当您的思绪返回现实世界中，您所能够到达的国度，却只限于四海九州。倘若拿后者与前者相比，岂非一切都似有若无，微不足道吗？”

梁惠王点头回答说：“是的。”

戴晋人说：“临近我们如今所能够到达的地域里有一个魏国，魏国在迁都大梁以后才有梁国，有了梁国才有梁王。而

梁王与蛮氏有什么不同呢？”

梁惠王回答说：“没有什么不同。”

戴晋人走后，梁惠王一度情绪低沉，怅然若失。

次非斩蛟

楚国有一个名叫次非的勇士，他在干遂那个地方得到了一把宝剑。随后，他一路上坐着船从干遂返回家中，当船行至江中心时，突然游过来两条蛟龙夹绕在船的两边。面对这种危急的情况，次非向撑船的人说：“你们曾经见过被两条蛟绕住船还能活命的吗？”撑船的人摇着头说：“从没见过。”

次非就立即捋起袖子伸出胳膊，然后撩起衣襟，拔出宝剑说：“那么，这蛟就要马上变成江中的腐肉枯骨了！假如我现在抛弃心爱的宝剑来刺杀它，以此保全自己的性命，那还有什么东西值得我留恋呢？”于是就干脆跳入江中同蛟搏斗，直到把蛟杀了才回到船上，于是，船上的人都保全了性命。

僰人养猴

僰人驯养了一群猴子。他为猴子们都穿上衣服，并训练它们学习跳舞。经过一段时间的严格训练，这些猴子都学会了跳舞。它们跳舞时转起圆圈来就像用圆规画的那么圆，排成一队列如同用直尺画的那么直，举手投足之间完全符合音

名师释疑

怅然若失：形容像失去什么似的，心里不如意、不痛快。

僰（bó）：古代西南部的少数民族。

名师指津

在紧急关头，次非不畏首畏尾，知难而上，舍小我成大家，这种勇气值得我们学习。

乐的旋律与节拍。

巴国的一个小孩看了猴子的表演后，为自己没有猴子会跳舞而嫉妒。他一心想破坏猴子的表演，在衣袖里装了一些猴子最喜欢吃的毛栗，便来到了猴子表演的场地。酒筵开始之后，猴子该出场了。众宾客一边品赏着美味佳肴，一边聚精会神地观看着这群猴子的精彩表演。猴子们踏着音乐的节拍，正在舞动之时，那个小孩不动声色地挥动袖子将毛栗全部都倒了出来，抛撒在了地面上。猴子们发现毛栗之后，顿时乱作一团，纷纷脱掉身上的衣服去争抢毛栗，把杯盘壶碗都打翻了一地，桌子也被推倒了。楚人大声呵斥，用鞭子抽打都无济于事。

《郁离子》中说："如今朝廷使用一支没有节制、纪律松弛的军队去打仗，纷纷扰扰地像一群蚂蚁聚集在了一起，然而一看见财物就跑去争夺不休，这样的军队和猴子能有什么两样呢？"

名师指津

猴子抵抗不住栗子的诱惑，打乱了舞蹈演出。在利益面前，大到一个国家，小到一个人，这都是一个严肃的话题。如果禁不住诱惑，便不乏"猴性"呈现，到那时，还谈什么礼仪道德？所以，要不断加强自身的修养。

名师释疑

《郁离子》：是明代刘基所作的寓言体政论散文集。

不死之药

相传，古时候有一个人向楚王进献不死之药，他把药给了传达官，请他转呈给楚王。传达官拿着药在进宫的途中。一个卫队的射手问道："这种药可以吃吗？"

传达官回答说："可以。"

这射手就把药夺过了过去，瞬间将药吞了下去。楚王听说射手把不死药吃了，气得大发雷霆，立即命人杀掉射手。

射手向楚王申辩说："我问传达官可不可以吃，他说可以吃，我才吃的。这不是我的错，是传达官的错。再者，别人献了不死的药，我吃了，而大王却要杀了我，这就不是什么不死之药，而是催死之药，说明是别人在欺骗大王。您若是杀了无罪的人，就是昭告天下大王受了别人的欺骗。还不如放了我吧。"

名师指津

射手从另一方面出发，巧妙地为自己脱罪，一件事物是好是坏，需要辩证思考，不能仅从一个方面评说。

楚王听了这番话后，果然放了射手。

宓子贱论过

宓子贱的一个门生介绍一位朋友前去见他。门生的朋友走了之后，宓子贱对这个门生说："你的朋友有三处过失：望见我而笑，是轻浮，不严肃；谈话而不称师，是背叛师道；交往不深而无所不谈，是不懂礼貌。"

名师释疑

宓（fú）子贱：春秋时期鲁国人，是孔子的弟子。

门生说："他望你而笑，是正直无私的表现；谈话不称师，是见识通达、不守门户之见；初次见面而无所不谈，是坦诚的表现。"

这个人的言谈举止是一致的，有人认为他是品行高尚的君子，有人认为他是品质卑劣的小人，这是因为各人看问题的观点不同的缘故。

名师指津

仁者见仁，智者见智。每一个人的思维出发点不同，所表达的观点自然不同。现实生活中，要实事求是，提出自己的观点和建议，才能做出正确的是非判断。

高山流水

伯牙长于弹奏琴曲，钟子期是一位高超的音乐鉴赏家。

伯牙弹琴时，心里想的是攀登高山，钟子期说："好啊，高峻得像泰山的样子！"伯牙想的是流水，钟子期说："好啊，浩荡得像江河的样子！"伯牙弹琴的时候，心中的思绪情感，钟子期都能懂得。

伯牙在泰山的北面游览之时，突然遇到了暴雨，停留在岩石之下，悲伤的情绪油然而生，于是，便拿出琴弹了起来。最初，弹奏的是反映连绵大雨的琴曲，接着，演奏了崩山的乐音。伯牙每奏完一首乐曲，钟子期就能完全听出它的意蕴来。于是，伯牙放下了手中的琴，叹息道："好啊！您欣赏琴曲的功夫实在太高明了。您心里想的就与我心里想的一样，我的琴声怎能逃过您的耳朵呢？"

名师指津

人生得一知己足矣。伯牙和钟子期，听音知心，心心相印，笃诚的情谊往往也不需要什么言语。在现实生活中，我们需要结交与珍惜这样真诚、懂得欣赏彼此的朋友。

后羿射箭

夏王让后羿对着一平方尺大小的兽皮箭靶，直径为一寸的靶心射箭。告诉他说："你来射这个靶心。射中了，就赏给你万金；射不中，就将你的封地削减千邑。"

名师释疑

千邑（yì）：指一千户人家征税的权利。古时，君主赏赐给贵族、亲信、臣属的土地。受到这种赏赐的人须承担进贡和在战时提供兵员的义务，对采邑中的百姓有管辖权，并征收租税。

后羿听了，神情慌张，心气不平，呼吸急促，就这样拉弓射箭，第一箭，未射中；第二箭，又没中。

夏王问身旁的弥仁："后羿这个人，平时射箭，一直都是百发百中，可是今日跟他约定了赏罚条件，就射不中了，这是为什么呢？"

弥仁说："像后羿这种情况，是因为得到奖赏的喜悦和失去封地的忧惧成了灾害，万金的赏赐成了祸患了。人若能无

名师指津

古语说：不以物喜，不以己悲。不要因患得患失的心态影响能力的发挥，更不要受金钱的左右，做事需要头脑冷静。

所喜惧，把万金赏赐置之度外，那么普天下的人，就都能成为善射能手了。”

混沌之死

相传，主宰南海的神叫倏，管理北海的神叫忽，而管理中央的神叫混沌。倏与忽经常到混沌那儿拜访，混沌对他们非常友好，招待也很周到。

他俩很想为混沌做一件事，以此来报答他的恩德，二人商议道：“人都有眼、耳、嘴、鼻这七窍，用来看、听、吃饭和呼吸，唯独混沌一窍也没有。我们应当尝试为他凿开七窍，让他也享受享受大自然赐予的快乐。”于是，他们每天给混沌凿开一窍，整整凿了七天，混沌的眼、鼻、嘴、耳都具备了，可是，混沌却死了。

名师指津

为了报恩，倏和忽违反了事物的本性。尊重生命的状态，就是要顺其自然；我们做任何事，都不能仅凭一时热情或冲动，要全面去思考。

无论做什么事，都不能违背事物固有的特性，单凭主观热情、盲目行动，就可能会好心办坏事的。

驾猪耕田

商于子家徒四壁，甚至种田都没有耕牛。百般无奈之下，他只有牵着一头大猪，怪模怪样地将它朝东赶着，可是倔强的大猪不肯受限，刚套上又挣脱了。就这样，这头猪反反复复地从套中努力向外挣脱，到最后整整一天也没犁好一畦地。

名师释疑

畦：有土埂围着的一块块排列整齐的田地，一般是长方形的。

宁母先生见到这种情形，就走上前批评他说：“这完全是你的过错啊！耕田应当用牛，这并不是没有根据的，因为牛的气力大，轻轻松松就能够翻起土块，牛的蹄子坚硬，能够踏陷沼泥。你的猪即使再大，可它根本就不具备这些条件，又怎么能耕田呢？”

只见商于子恼怒而不作回答，一副愤愤不平的样子。

宁母先生继续耐心地说：“《诗经》不是说‘请告众伙伴，抓猪在猪圈’吗？毋庸置疑，这里的意思就是准备杀猪当作菜肴食用的。而你如今却用猪来替代牛耕田，岂不是弄颠倒了吗？我因为怜悯你才说你几句，并无恶意，而你却生气不作声，根本不理睬我，这是为什么呢？”

名师指津

商于子以小见大，从用猪耕田一事中论及国家任用人才之理，而商于子正是对于国家不注重有德有才之人的现状，控诉了他的不满。这对当今的社会有着深刻的现实意义。

商于子说：“你觉得我颠三倒四，用猪来代替牛耕田，而我认为你才是颠倒了。你仔细想想看，我难道不知道用牛耕田这样的常识吗？并且显而易见，这就像治理人民的统治者必须任用贤能一样的道理。其实，倘若不用牛，不仅田没有耕出来，甚至会糟蹋田地，可它的损害还小；倘若不任用贤人治理国家，那么普天之下的百姓遭受的灾祸可就大了。敢问宁母先生，你为什么不用这些责备我的话去责备统治者呢？”

宁母先生听罢，回过头就对他的弟子们说：“原来，他是一位对现实生活满怀激愤的人呀！”

临江之鹿

临江地区，有一个猎人在打猎时捕获了一头小鹿，小鹿的样貌十分乖巧，惹人喜爱。猎人回家后就把这只小鹿精心饲养起来。不料家中养的一群狗见了肥美的小鹿都直流口水，它们摇着尾巴向它步步逼近，想一口把它吃掉。猎人见了大发脾气，他厉声呵斥把狗群吓退了。

从此以后，他经常抱着小鹿与狗亲近，让它们互相熟悉，并且始终教育狗不得去伤害小鹿。过了一段时间，他才放心地再一次让狗与小鹿一起玩耍。

经过了很长一段时间后，这些狗都能像主人调教的那样，和小鹿友好地相处了。天真活泼的小鹿慢慢长大，渐渐忘记了自己是小鹿，而认为狗才是自己真正的朋友。它对狗十分友善，不时用头去抵触，用身子碰擦，同狗更加亲昵。看上去这些小动物彼此之间十分友好。但狗却还不时地舔舔自己的舌头，始终打消不了想吃鹿肉的念头。

转眼三年时间过去了，一天，小鹿出门到外面去玩，它一路上蹦蹦跳跳十分开心，沿途它看到有许多狗，便想走上去与它们一起玩耍。但外边的狗见到鹿表现的却是一副又高兴又凶狠的样子，还没等小鹿反应过来，它们便一齐向小鹿扑来把小鹿吃掉了。可怜的小鹿最终也不知道自己究竟是怎么死的。

名师指津

鹿在主人的庇护下，养尊处优，但它无法辨识自己的真实处境，最后落得惨死的悲剧。看人看事，一定要深入观察分析，准确把握实质，而不是被假象所迷惑。也讽刺了那些借外在力量而得意忘形的小人物，没有自知之明，必然自毁自灭。

两小儿辩日

有一次，孔子到东方游历，在路上看见两个小孩，面红耳赤地争辩得异常激烈。孔子觉得非常奇怪，便忙走上前去问他们在争论些什么。

其中一个小孩说："我认为太阳刚出来的时候离我们很近，到中午的时候就比较远了。"

而另一个小孩却认为太阳刚出来的时候远，到中午的时候比较近了。

第一个小孩又说："当太阳刚出来的时候，看上去大得就像车上的伞；到了中午，却不过像盘子、碗口那么大小，您说这难道不是远的显得小而近的显得大吗？"

另一个小孩说："太阳刚出来的时候，天还凉飕飕的，让人不禁浑身打战；到了中午，天气热得就像开了锅一样，让人汗流浃背，这难道不是近的时候觉得热，远的时候觉得凉快吗？"

孔子听了，连连点头，却没有办法判断谁是谁非。这两个先前争论的小孩看见孔子解决不了这问题，便嘲笑他说："谁说你博学多才呢！"

名师释疑

汗流浃背(hàn liú jiā bèi)：汗水湿透了背上的衣服，形容出汗出得很多。

名师指津

仅仅抓住事物的某一方面，而片面地做出判断，根本得不出正确结论。任何博学多才的人，其认识也是有限的。倘若自称多知，不自量力，就难免要被人耻笑。

父亲、儿子和驴

父子俩赶着一头驴回家，路上碰到一群在井边打水的姑娘，有一个姑娘说道：“看，有这么蠢的家伙，放着现成的驴不骑，却苦了自己的两条腿！”

父亲听得这议论，就把孩子放在驴背上。他们一前一后，走不多远，碰到了几个正在争论的老人，其中一个说：“看，这不是给我说着了吗？现在的年轻人再也不会照顾老人了——孩子骑在驴背上，老子倒在后面走！”

父亲听得这批评，就让孩子从驴背上下来，他自己跨了上去。

父子二人一后一前，没走多远，遇到了几位怀里抱着婴儿的母亲。其中一个嚷道：“真不害臊，自己舒舒服服地骑在驴背上，倒叫自己的孩子在后面走！”

> 名师释疑
> 害臊（hài sào）：害羞。

于是，父亲赶紧把孩子抱起来放在他后面。没过多久，父子二人又遇到了几个慈善家，其中一个发表意见道：“两人合骑一头驴，分明是欺侮牲口不能诉苦！”

父子俩只得跳下来，将驴腿缚在棒上，把驴子扛着走，一路上惹得人人拍手大笑。

他们来到一座桥上，驴子开始挣扎，用腿猛踢，挣脱了绳索，“扑通”一声，跌进河里淹死了。

父亲无可奈何地带着孩子回到了家里，说道：“唉，做一

> 名师指津
> 这样的情况，我们在现实生活中总能遇见。这个时候就需要我们自己有辨识能力，然后坚持自己的观点，做最好的自己。

件事想让每个人都称心，结果却落得谁都不满意！"

吕梁游水人

一次，孔子在吕梁游历，忽然见到一处瀑布，只见这里水势汹涌，飞流直下有三十仞高，银白色的水花飞溅足有四十里远，致使鼋鼍鱼鳖都没法在那如此湍急的激流里游动。他忽然看见一男子在那里游水，以为是一个不小心落水的人，正在水里挣扎，快要淹死了，就急忙让弟子们沿着水流去救那人。弟子们沿水流跑了没多远，就见那男子竟然凫出水流，披散着头发，爬上堤岸，一边走一边唱着，看上去很快乐的样子。孔子上前问道："我以为你是鬼，仔细察看你却是人。请问，游水有什么诀窍吗？"

名师释疑

鼋鼍（yuán tuó）：鼋，指巨鳖；鼍，指扬子鳄。

那人回答道："没有，我没什么诀窍。我始乎固，长乎性，成乎命。与漩涡同入，与水浪同出，我顺从水的规律而不任着个人的习惯，这就是我在激流中能游的原因。"

孔子不解地问："什么叫始乎固，长乎性，成乎命？"

那人回答道："我生在山陵，安于山陵，这就是故旧；我在水上长大，安于水上生活，这是我的本性；水上活动已经完全出乎自然，这就是天命。"

名师指津

人世间本无天命之说。人有智慧，就在于能发现大自然中的规律，并顺应规律，把握规律。所以，做任何事才会得心应手，甚至可以达到炉火纯青的地步。

塞翁失马

离塞上不远的地方，住着一个爱好骑马而技术不甚高明

的人。有一天，他的马忽然逃到塞外去了。

邻人们都为他感到惋惜，他父亲却说："怎么知道这不会成为一件好事呢？"

过了好几个月，那匹马又跑回来了，并且还带了一匹匈奴的骏马。邻人们都前来庆贺。他父亲说："怎么知道这不会变成一件坏事呢？"

家中有良马，而他又喜欢骑，但祸就被闯了出来：他坠马摔伤了腿。

邻人们都前来慰问，他父亲又说："怎么知道这不会成为一件好事呢？"

过了一年，匈奴兵大举入侵。附近的青壮年大都在抗战中牺牲了，他却因跛脚未能出征，与父亲一起保全了性命。

名师指津

无论遇到福还是祸，都要调整好自己的心态，用辩证的眼光去看待事物可能出现的变化。在一定条件下，福祸可以相互转化。

蜀地之僧

在蜀地边境有两个和尚，他们其中一个贫穷，另一个十分富有。

有一天，穷和尚对富和尚说："我要到南海去，怎么样？"

富和尚说："你靠什么去呢？"

穷和尚说："一个水瓶、一个饭钵就足够了。"

富和尚说："这几年来，我就打算买船去南海，但还没有做到。你凭着什么去呢？"

但穷和尚还是出发了。

一年后，穷和尚从南海回来了，把去南海的事告诉了富和尚。富和尚听后脸上露出惭愧的神色。

蜀地距离南海，不知有几千里的路途，富和尚未能完成，穷和尚却完成了这一旅程。

穷和尚到达南海，而富和尚还没出发。一个人有目标很重要，还必须要付之行动，真正的决定性的因素在于自身。

望洋兴叹

秋水涨了，许多小河的水都汇入大河。河面显得十分宽阔，别说是两岸，即便是从河心的沙洲到岸边，也很遥远，隔水望去，即使是牛马那样的大牲口，也分辨不清了。

于是河伯扬扬得意，十分高兴，认为天下的美景都集中在自己这边了。他顺着河水，一直向东走。到了北海，向东望去，只见茫茫大水，无边无际，顿时大吃一惊。

过了很久，河伯才转过头来，抬头望着海神，感慨地说："俗语说得好：懂得的道理多了一些，便以为谁也比不上自己。这话说的就是我这样的人啊，而且我曾经听说过，有些知识浅薄的人自以为见闻胜过孔子，品质一般的人自以为德行超过伯夷。开始我还不信有这等狂妄的人，直到看到了您的博大无穷，才知道自己狂妄的可笑。我如果不到您这里来，那就糟了！我将要永远受到那些修养高深的人的讥笑了！"

山外有山，天外有天。不亲眼看见，就如同井底之蛙。在现实生活中，我们不能因为自己取得了一点点小小的进步就骄傲自满，要知道，自己不知道的事物还有很多呢。

蜘蛛与蚕

蜘蛛对蚕说："你饱食终日，无所事事，一直到老，口中吐出纵横交错的蚕丝，有黄有白，闪光耀眼，然后用丝把自

己紧紧地裹起来。蚕妇把你投入沸水，抽出长丝，于是你的生命瞬间就完结了。你那能工巧匠般的高超技艺，恰恰是你自杀的手段，这不是很愚蠢的事吗？”

蚕回答蜘蛛说：“我固然是自杀，但我吐出的丝，织成了美丽多彩的锦缎，皇帝的龙袍、百官的礼服等，哪一件不是由我吐出的丝织成的呢？而你不过是空着肚子要找吃的，你吐丝织成罗网，坐在中间等待时机，看到蚊子、牛虻、小蜂和蝴蝶飞过，便把它们捕杀来填饱自己的肚子。你的智慧当然是很巧妙、很高明的，不过这是多么残忍啊！”

蜘蛛说：“无私奉献的人就像你那样，一般自私的人都宁愿像我这样。”

唉，世界上愿意做蚕而不愿意做蜘蛛的人太少了啊！

名师指津

通过蚕与蜘蛛的对话，反映了两种对立的人生观：奉献和索取。“春蚕到死丝方尽”，我们要学习蚕奉献的精神，而不是一味索取。

名师释疑

牛虻（méng）：一种昆虫，体长椭圆形，头阔，触角短，黑绿色，腹部长大，生活在田叶杂草中。

龙的自由

相传，古时候有个专门饲养龙的人，此人热衷于摸索龙的嗜好与愿望，最后终于成功了。他通过各种途径，得到了两条龙，并将它们精心地饲养起来。

龙和人本不是同类，但因为人能顺着龙的脾性，它们便安心待在主人院里的小池塘中，它们认为江河湖海的乐趣也抵不上待在这小池塘里快乐，它们在这里的食物也很香甜可口。它们高兴躺着就躺着，喜欢活动就伸展着躯体活动，它生活的环境很好很舒服，不愿意再到别的地方去。

有一天，一条野龙恰好从那个小池塘的上空飞过，小池塘中的龙高高兴兴地与路过此处的野龙打招呼："你这是在干什么啊？整日在广阔无边的天地间到处遨游。等到冬天冷了，就到寒冷的洞穴中躲起来；等到大地暖起来以后，再慢慢地升上天空，这岂不是很累吗？如此下去，还不如我们待在这儿更清静安逸一些。"

野龙笑着说："你们怎么变得狭隘到如此境地呢？正是这辽阔美丽的大自然赋予我健美的躯体，头顶威严的龙角，以及身上披着的亮闪闪的鳞甲；大自然还赋予我美好的德行，让我既能潜入深邃的水底，又能飞腾于高远的天空；大自然赋予我的智慧，让我能召唤漫天彩云，还能驱使万里长风；大自然赋予我神圣的职责，能抑制如火的骄阳，还能滋润干枯的大地。我的视野足以能达到无边的宇宙之外。我就这样栖息在洪荒的旷野之中，无拘无束地走遍天涯海角，阅尽万物的一切变化。这难道不是最大的快乐吗？现在，像你们这样整日待在像马蹄印一样大的小池塘中，污浊的泥沙限制了你们的行动自由，整日只有蚂蟥、蚯蚓之类的东西与你们做伴，以求得一些被人丢弃的残羹冷炙。这样，你们虽然和我的形体相同，生存的乐趣却完全不一样啊！你们这些被人玩弄、豢养的，让人类掐住喉管、割食其肉的事情早晚会发生。我实在看不下去，现在正向你们伸出救援之手，可你们为什么反过来引诱我，想把我也引到陷阱中去呢？倒是你们要遭到即将被杀的灾难了。"

野龙说完后就腾空飞走了。不久，那两条被豢养的龙果然被夏后氏逮住，随后便成为盘中之餐了。

名师释疑

残羹冷炙（cán gēng lěng zhì）：指吃剩下的饭菜。

豢养(huàn yǎng)：喂养。也比喻收买并利用。

名师指津

小水塘的龙不听野龙的忠告，终究落得悲惨的下场。这则寓言告诉我们，不管任何时候，清楚自己的处境，不要贪图安逸，不思进取。

名师赏析

思辨的理性决定思维的品质。非凡的气度、过人的智慧、优越的成绩基于思辨之后的具体实现。而哲理思辨能力是一种抽象思维能力，它需要我们有敏捷的思维、过人的智慧。尝试哲理性思辨，可以帮助青少年开发智力，启迪心灵感悟。因为拥有哲理思辨，便拥有卓越。

学习借鉴

好词

微不足道　美味佳肴　聚精会神　大发雷霆　言谈举止

油然而生　毋庸置疑　颠三倒四　面红耳赤　纵横交错

好句

* 我生在山陵，安于山陵，这就是故旧；我在水上长大，安于水上生活，这是我的本性。

* 我就这样栖息在洪荒的旷野之中，无拘无束地走遍天涯海角，阅尽万物的一切变化。

思考与练习

1.钟子期与伯牙是彼此的知音。在生活中，你最好的朋友是谁？请用一件事来说明你们彼此之间的默契。

2.你是怎么样看待无私奉献的？请说出你的观点，并用事例加以说明。